QUEBRANTOS E SORTILÉGIOS

IVO BENDER

CONTOS

QUEBRANTOS E SORTILÉGIOS

Porto Alegre • São Paulo
2015

Copyright © 2015 Ivo Bender

Conselho editorial
Gustavo Faraon, Julia Dantas e Rodrigo Rosp

Preparação
Julia Dantas e Rodrigo Rosp

Revisão
Fernanda Lisbôa

Capa
Humberto Nunes

Foto do autor
Irene Santos

Dados Internacionais de Catalogação na Publicação (CIP)

B458q   Bender, Ivo
           Quebrantos e sortilégios / Ivo Bender. — Porto
       Alegre : Terceiro Selo, 2015.
           128 p. ; 21 cm.

           ISBN: 978-85-68076-15-6

           1. Literatura Brasileira. 2. Contos Brasileiros.
       I. Título.

                                                 CDD 869.937

Catalogação na fonte: Ginamara de Oliveira Lima (CRB 10/1204)

Todos os direitos desta edição
reservados à Editora Dublinense Ltda.

Editorial
Av. Augusto Meyer, 163 sala 605
Auxiliadora — Porto Alegre — RS
contato@dublinense.com.br

Comercial
Rua Teodoro Sampaio, 1020 sala 1504
Pinheiros — São Paulo — SP
comercial@dublinense.com.br

ÍNDICE

7	QUEBRANTO
25	O GENERAL E SUAS MULHERES
37	JONAS, MAURO E HORACINA
51	OS CAMINHOS DE CORINA
61	O BOSQUE ENCANTADO
75	AS FILHAS DE TEOBALDO
83	A FUGITIVA
93	A DEUSA DE ARTHUR
105	O GRAXAIM
115	RAMIRO ESCOBAR E A SALAMANCA

QUEBRANTO

Os viajantes tinham à sua frente a estrada arenosa e branca. Cavalgavam sem pressa. Mais cedo ou mais tarde, chegariam ao santuário de Matacavalos.

Traziam consigo uma história pessoal feita de milagres suspeitos, inexplicáveis curas e punições precipitadas.

Montado em cavalo branco, Jorge vestia um fardamento de brim grosseiro. Presos à sela, três longos círios; à cintura, um revólver. Na cabeça, trazia um capacete brilhante, talvez um elmo, roubado de museu ou comprado em brique.

Ágata, mulher de idade incerta e sombria beleza, acompanhava o militar. Envolta em panejamentos roxos, a mulher montava um cavalo negro e trazia uma coroa funerária de rosas e folhas de carvalho confeccionadas em papel encerado. Ao andar preguiçoso das montarias, o casal trocava ideias e evocava o suplício de três padres. Realizado por aqueles lados. Os religiosos haviam sido massacrados por bugres que, em um passado longínquo, tinham sido os donos daqueles campos e matas. Extinta a fogueira do martírio, pouco restara dos sacerdotes. No santuário, erguido onde o fogo ardera, apenas três eram as relíquias conservadas, e cada uma, segundo a tradição, atribuída a um dos mortos — um dente, um crucifixo de marfim enegrecido e um coração carbonizado.

Não longe dali, Artêmio e seu peão Quirino gradeavam o solo já lavrado. O peão conduzia a parelha de bois lentos e pacientes. Iam e vinham de um a outro extremo do campo e desfaziam, com a grade, os torrões de terra mais compactos. Artêmio calculava mentalmente a colheita e a possível quebra no caso do clima não ajudar. Revisava, também, o trato que fizera com o jovem empregado. O salário era módico, como de costume naqueles confins. Mas o rapaz recebia, de graça, o alojamento e as refeições.

Ao final da tarde, quando a caminho de casa, tiveram a atenção despertada por um casal de passantes. Eram romeiros que, ao cruzar, os cumprimentaram. Artêmio, costumeiramente arredio com desconhecidos, apenas tocou a aba do chapéu com a ponta dos dedos, enquanto Quirino fez um movimento mínimo com a cabeça. Depois que os estranhos já estavam fora de vista, o peão virou-se para Artêmio:

— Essa gente não é daqui. De onde terão vindo?

Chegados ao santuário, Jorge e Ágata se viram em uma clareira. Ali se erguia uma pequena capela construída em tijolos, mas sem o acabamento de reboco. A construção tinha os degraus tomados de líquen, e havia algum

musgo na base externa das paredes. Alguém já lhes dissera que o santuário era raramente visitado.
    Não foi surpresa, pois, que a porta estivesse trancada. Jorge então gritou um "ó de casa" alto e sonoro. Um velho zelador ou guardião apareceu e, depois de saber a que vinham, os deixou entrar. O homem recomendou que acendessem os círios ao ar livre. Essa era a norma desde que, certa vez, um incêndio quase consumira o pequeno templo. As estreitas janelas da construção não tinham vitrais ou vidraças. E, encostada à parede do fundo, uma velha mesa podia servir de altar. Sobre a mesa, uma caixa de vidro grosso guardava as relíquias. Jorge e Ágata ficaram a contemplar, por instantes, o quase nada que restara dos padres. Em seguida, fizeram uma oração e deixaram, sobre o tampo, a coroa e os círios.
    Fora, aliviados de selas e arreios, os cavalos pastavam tranquilos. E, enquanto Jorge conversava com o zelador, Ágata remexia em seus pertences. Retirou da mochila um raro exemplar dos evangelhos *Apócrifos*. De livro em punho, sentou-se à sombra da capela para ler. Sorria ao antegozar um malicioso e secreto prazer que sempre experimentava ao ler textos proscritos ou simplesmente não recomendados pela igreja. Entre seus favoritos, estavam o labirinto de missivas que compunha o único romance de Laclos, um exemplar de *Cantigas de mal-dizer* de autoria de Habacuc Lisabonensis[1] e uma velha edição de *Satan*, reunião de estudos sobre o demônio publicada por *Les études carmélitains*.

---

[1] Habacuc Lisabonensis (1601-?) foi mestre de grego, latim e hebraico em Coimbra. Perseguido pela inquisição sob suspeita de bruxaria, conseguiu refugiar-se no Brasil. Aqui, comprou uma escrava conhecida pelo nome de Tituba. Casou com a serva e migrou para a confusa fronteira ao sul do Brasil.

Ao cair da noite, o velho trouxe sopa e pão. Mais tarde, retornou com pelegos que serviriam como colchão. Os romeiros aproveitaram a luz de uma lamparina e improvisaram as camas. Ágata já adormecera quando Jorge saiu com os círios. Depois de acendê-los, fumou um cigarro. Evitava fumar na presença da companheira, ainda que ela estivesse dormindo. Ágata vivera, havia pouco, uma experiência quase fatal: viciada em ópio, se excedera numa recente viagem ao oriente. Salva por milagre, a partir de então desenvolvera profunda aversão a drogas e cigarro. No penoso processo de abstinência, sofria de pesadelos e seguidamente se tornava hostil e agressiva.

Jorge levou algum tempo assim, fumando e rememorando os desastres e desacertos da amiga. Antes de entrar, urinou junto a um cinamomo e só então foi dormir.

No dia seguinte, os romeiros partiram quando apenas raiava a manhã. Na despedida, deram ao velho algum dinheiro em moedas de ouro e agradeceram a hospedagem. Por volta do meio-dia, interromperam a jornada para descansar à sombra de uma figueira. Os cavalos saciaram a sede em um bebedouro que ali havia, e seus donos se aninharam entre as robustas raízes da árvore. Durante a pausa, reclinados, fizeram uma refeição de laranjas e pão preto. Enquanto comiam, conversaram sobre o amor e seus indizíveis prazeres. Jorge falou com entusiasmo do sexo e seus encantos. Falou também do amor a Deus, discordando de Ágata, que o defendia como o maior de todos os prazeres. Para reforçar sua opinião, ela citou Santa Teresa D'Ávila e sua indomável paixão por Cristo. Jorge refutou, dizendo que o amor a Deus seria um amor sem retorno. Que havia muitos exemplos do abandono em que haviam sido jogados seus adoradores. A história estaria cheia de exemplos do descaso divino.

O debate seguiu acalorado quando foi subitamente interrompido. O olho aguçado de Jorge descobrira, junto de uma touceira de cardos, um par de lagartos em cópula. Ele aproveitou para fortalecer seu ponto vista. Tomando os répteis como exemplo, afirmou que a natureza só existe e se renova porque se entrega ao sexo.

Mas Ágata não se interessou pelos lagartos. Em vez disso, provocou outro combate. Concedeu que Jorge talvez tivesse razão, mas que era preciso saber quem teria mais prazer no contato sexual. O homem ou a mulher? Jorge retorquiu dizendo que, se a velha Afrodite ainda estivesse em seu trono e fosse venerada, como em outros tempos, ela diria que a mulher é quem mais goza.

Irritada, Ágata retrucou como se tivesse a resposta na ponta da língua: Afrodite fora apenas uma devassa, que fizera da beleza sua arma para seduzir os mortais.

— Era deusa, porém — Jorge acrescentou.

A discussão foi suspensa quando viram que um cavaleiro se aproximava, em meio a uma nuvem rasteira de pó. Ao chegar, foi reconhecido. Era o homem que haviam visto gradeando o solo. Já à sombra e ainda montado, Artêmio cumprimentou o casal. A convite de Jorge, juntou-se, arisco, aos forasteiros. E, uma vez quebrada a desconfiança inicial, os homens começaram a conversar. A certa altura, Ágata rompeu seu silêncio. Pediu que Artêmio servisse de árbitro. Que opinasse sobre quem hauria mais prazer na relação entre os sexos.

    Artêmio, impressionado pelo luxo das vestes e pela beleza da mulher, respondeu que claro que sim, faria o possível para ajudá-los. Jorge então o pôs a par da disputa. A partir daí, cada viajante defendeu seu ponto de vista pessoal num crescendo de entusiasmo e veemência. Artêmio olhava de um para outro sem entender claramente o que estava em jogo e pensou: "Por que ficam assuntando com tanto empenho? É muita discussão por coisa tão pouca!".

    O debate seguiu com argumentos sempre mais obscuros. Em certo momento, Ágata, a um gesto mais impetuoso, fez saltar o broche que lhe prendia ao ombro as sedas e os veludos. Os panos caíram e lhe deixaram o peito à mostra. Artêmio arriscou um olhar rápido. E, enquanto Ágata se recompunha, ele buscou interrogativo o olhar de Jorge. Porém, não obteve acolhida, apenas um reparo breve e rude:

— Não devias ter olhado.

Em seguida, Ágata voltou-se para o rapaz e o incitou a responder à questão antes posta.

Por acreditar que a agradaria, Artêmio respondeu apressadamente:

— É a mulher quem mais goza.

Jorge atiçou:

— Vês, Ágata? Outros também afirmam a mesma verdade.

A mulher ignorou a observação e, ríspida, fez algumas revelações. Entre outras coisas, disse a Artêmio que ficasse atento. Nas semanas seguintes, alterações se fariam sentir em sua mente e no seu corpo. Talvez os espelhos lhe revelassem as mudanças. Embora não entendesse todo seu significado, as revelações o impressionaram. Desconfiado, perguntou a Jorge como ela podia saber o que lhe estava reservado. A resposta que obteve continha várias mentiras e pouca ou nenhuma verdade. Depois de algumas observações sobre a profunda intuição de Ágata, explicou que sua companheira era filha do rei dos ciganos e chegara, fazia pouco, da Romênia — e finalizou:

— Agora segue teu rumo. Nós vamos em outra direção.

Ao correr dos dias que se seguiram, Artêmio não teve tempo sequer de pensar em vaticínios. Era preciso cuidar da lavoura e manter longe as lebres que, nesse ano, haviam se reproduzido espantosamente.

Em noites de lua, partia para a caça. Acompanhado de Quirino, embrenhava-se nos matos ralos ou cruzava campos e macegas. Voltavam para casa em alta madrugada e, para alegria dos cães, eram muitas as lebres abatidas. Por isso, os dois homens dormiam pouco nessas noites. Por falta de um sono reparador e pelo cansaço daí decorrente, Artêmio esquecia os pesadelos mais ou menos constantes que o vinham assombrando. E ao longo do dia lhe afloravam fragmentos dos sonhos, cenas soltas sem nenhum sentido ou premonição a ser descoberta. Eram cenas cruéis, em que ele era objeto de violência. Certa noite, acordou esmurrando a parede que, no pesadelo, lhe parecera um touro doido a persegui-lo. Concluiu que precisava sair, arejar a mente na cancha de bocha ou com uma mulher e alguma bebida.

Era sábado, dia em que Artêmio fazia a barba. O costume lhe fora passado pelo pai e pelos tios.

Enquanto se barbeava, lembrou-se da bela estrangeira. Lembrou-se, também, do indefinível desconforto que dele se apossara desde o encontro sob a figueira.

Estava por passar a lâmina a segunda vez, quando percebeu uma forma nebulosa a emergir por entre os instáveis reflexos do pequeno espelho. Desviou o olhar e, quando voltou a fixá-lo, nada havia ali além das pequenas manchas tão comuns em espelhos velhos.

De seu escasso guarda-roupa, escolheu uma calça mais ou menos nova e uma camisa limpa. Antes de se vestir, sentou na cama e passou a examinar braços, peito e coxas. Não encontrou sinais ou manchas suspeitas que poderiam confirmar as palavras da mulher desconhecida, e a constatação o deixou tranquilo. De fato, desde o encontro, e advertido que fora, passara a se examinar cuidadosamente. Para alívio seu, seguia sendo o homem saudável de sempre. Lembrou-se de ocasiões, quando criança, em que estivera adoentado, com a temperatura do corpo um pouco mais alta. Mas esses momentos haviam sido poucos. E nunca sofrera com os andaços que, de tempos em tempos, assolam os moradores do campo.

— A doença é obra do diabo — lhe parecia ainda ouvir a voz da madrinha. Dona Ramona conhecia as mais potentes benzeduras contra tosse-comprida, erisipelas e pontadas. Lembrou-se também do cheiro forte e bom do palheiro de fumo-loiro que a própria madrinha enrolava. Ao morrer, pedira que lhe fechassem um derradeiro cigarro. Feita sua vontade, fumou sossegada e partiu feliz. Artêmio sorria ao fluir das lembranças. Ramona, que também tinha sido parteira, o trouxera ao mundo e substituíra, de certo modo, a mãe, morta muito cedo. Bem que o pai quisera casar com ela, mas Ramona recusou. Alegou que, solteira, seria mais livre, sem impedimentos para percorrer as distâncias e curar doentes. Com a recusa, o pai acabou vivendo sozinho. Guacira, uma mestiça agregada, cozinhava para pai e filho.

O velho nunca fora de muita conversa, mas imbuíra o menino de algumas máximas, tais como "homem não ri por qualquer bobagem, homem não se engraça com qualquer mulher, homem não chora nunca". O pai também tinha pouco ou nenhum interesse pelo que rolava mundo afora. Quando soube que o país entrara na guerra, deu de ombros e não se interessou em saber sobre o eixo e os perigos do nazismo. A guerra lhe parecia um desastre distante. Ele se sentia seguro, no centro de seus alqueires e lavouras. Sempre tivera poucos amigos e conversava pouco até mesmo com o filho. No entanto, obrigou o menino a cumprir com os cinco anos da escola fundamental.

No bordel, La Maruja o recebeu com um largo sorriso em que, contrastando com o carmim dos lábios, brilhava, imponente, um canino de ouro.

La Maruja afirmava ter nascido em Buenos Aires, mas, pela desgraça de um amor, abandonara a Argentina. Não era verdade, a história era outra.

Enlaçando a cintura do rapaz, a velha o conduziu a uma das mesinhas. O cômodo fora transformado num apertado salão para namoro e trago. Cruzando-lhe o forro, em diferentes direções, guirlandas de papel colorido balançavam tocadas pela brisa noturna. Depois do segundo conhaque, a conversa finalmente tomou impulso. Artêmio contou sua história e fez o relato enfatizando aspectos que considerava os mais perturbadores. Por fim, confessou, com certo custo e algum constrangimento, seu temor quanto às consequências do quebranto. E referiu novamente a indescritível, mas gélida beleza da estrangeira. La Maruja recebeu serenamente o relato, acendeu outro cigarro e explicou:

— Quedáte tranquilo. Estás solamente muy impressionado com las palabras da bruxa. Pues essa mulher deve ser bruxa. Solamente las bruxas conseguem ser tão bonitas. E, com certeza, las palabras dela não têm poder algum. São apenas para assustar. Ou seduzir. Tanto es asi que estás, hasta hoy, impressionado.

Artêmio encabulou, e a dona da casa prosseguiu:

— Olvida todo eso. Hay que esquecer los dos andarilhos. El olvido es el mejor remédio — em seguida, chamou a novidade da casa: — Niña! Mi amigo quiere conocerte!

Quando o casal fechou a porta atrás de si, La Maruja foi ao quarto, como fazia sempre que tinha algum interesse pelo cliente. Sem fazer ruído, colocou o banco da penteadeira junto à parede divisória, subiu e retirou a estampa de São Jorge. Encostou o olho no buraco deixado pela ausência de um nó da madeira e forçou um pouco a vista.

Pôde então ver o casal. Observou com atenção o amigo descalçar as botas e tirar a roupa enquanto a moça, já nua, se deitava. A velha tentou conter a emoção, mas se deixou levar pela cena. Embevecida, viu Artêmio, grande e forte, a cumprir silenciosamente sua obrigação de macho. E constatou satisfeita que o rapaz seguia sendo o mesmo, como se ainda fosse o garoto do passado. À época, ela recém chegara do Paraguai. Viera fugida depois de matar o gigolô que a explorava e protegia.

Novamente à mesa, ordenou uma cerveja. Enquanto bebia, relembrou as noites de amor com Artêmio e os ensinamentos do combate sexual que lhe passara.

A viagem ao passado terminou quando ele saiu do quarto.

— Y entonces? — ela perguntou.

Artêmio fez um sinal positivo e foi ao mictório, no quintal. Lavou o rosto e molhou o cabelo. Depois, ajustou a frincha e já estava de saída quando deitou um olhar desconfiado ao espelho. Mas nem seu rosto refletido conseguiu ver. A superfície de vidro nada mostrava. Ficou ali por alguns instantes. Foi então que percebeu algo. Era novamente uma mancha escura a se formar por entre brilhos metálicos e reflexos. Finalmente, um rosto emergiu.

Era a face da viajante a lhe sorrir. Confuso, Artêmio mal conseguia crer no que via. Talvez estivesse percebendo coisas que de fato não estavam ali. Ao deixar o pequeno recinto, olhou novamente para o retângulo metálico. A mulher continuava a lhe sorrir. Como se em surto de sonambulismo, Artêmio aproximou devagar o rosto do reflexo. Seu hálito embaciou o espelho e teve que secá-

-lo com a manga da camisa. E, fascinado pela estrangeira, beijou a boca que se oferecia. Fechou os olhos e sofregamente tentou morder os lábios refletidos. Não demorou muito para que um frio repentino gelasse a boca espectral. Nesse momento, Artêmio se deu conta de que beijava a superfície do vidro.

Ao deixar a casa de La Maruja, fez elogios à sua parceira. Silenciou, porém, quanto ao fracasso que experimentara no ato.

Nos dias seguintes, o rosto da forasteira não mais lhe apareceu. Chegava a se perguntar se verdadeiramente a beijara. Também as manchas móveis e informes deixaram de ocupar seu espelho. Na verdade, havia ocorrido uma migração. As manchas incompreensíveis agora apareciam em seus sonhos. E, como se fossem biombos ou cortinas, serviam de esconderijo a pequenas figuras aladas. Deviam ser demônios, pois eram escuros, de pele escamada e riso feroz. Em meio à balbúrdia de seus guinchos e ao som seco do bater de asas, faziam gestos obscenos. Artêmio acordava lavado em suor, com os maxilares tensos e os dentes a rilhar. Certas noites, os diabos o ignoravam e dirigiam suas obscenidades a uma mulher que ostentava um diadema de luz, como o halo brilhante que identifica os santos.

A tortura onírica se completava com o estupro ou o assassinato da figura feminina. Os pesadelos seguiram, recorrentes, por noites a fio. Mas Artêmio, apesar do mal-estar e da fadiga deixados pelos sonhos, se recolhia à cama com uma intensa curiosidade quanto ao tormento que a noite lhe reservava.

Aos poucos, no entanto, os maus sonhos deixaram de acontecer. Certa madrugada, porém, Artêmio sonhou com a estrangeira. Ela vinha em sua direção de braços abertos. Artêmio sentiu o corpo paralisar e os pés, como se moldados em chumbo, cravados no solo. Queria se mover, mas não conseguia; queria gritar o nome da mulher, mas o desconhecia. Então, num esforço hercúleo, conseguiu caminhar. Abraçou a amada e passou a beijá-la. No instante seguinte, estavam deitados sob uma árvore, e ele a possuiu. Algo no sonho e no corpo o despertou. Sentou na cama e se sentiu feliz. Ao mesmo tempo, compreendeu com tristeza e raiva que a mulher desejada era a única que não deveria amar. Ela o enredara em quebrantos e sortilégios e passara a ser uma ameaça. A ninguém mais devia, senão à desconhecida, a humilhante impotência que o dominara na casa de La Maruja.

A repentina compreensão dos fatos o perturbou, sentiu-se contrariado e então foi à janela. Abriu-a e ficou, por um bom tempo, a mirar a paisagem noturna. A aurora logo surgiria, e um resto de luar ainda clareava colinas e caminhos. Artêmio inspirou profundamente o aroma dos campos adormecidos e, mais tranquilo, saiu em direção ao açude. Junto à água, se despiu e mergulhou. Nadou e voltou para casa à primeira luz da manhã. No trajeto, um nome lhe veio à tona — Ágata.

Apesar da expectativa, o sonho erótico não mais se repetiu. Tampouco os espelhos serviam de passagem para lhe trazer o rosto de Ágata. Tentara mesmo vê-la no espelho da barbearia, em Matacavalos. Como desculpa, decidiu cortar o cabelo. Durante todo o tempo em que durou o corte, fixou hipnotizado os reflexos à sua frente. Mas, indiferente, o espelho refletia tão só o cliente e o barbeiro.

Se ausente dos sonhos e espelhos, em Artêmio a ansiedade de rever Ágata se intensificava. Na busca por reencontrá-la, começou a correr os campos e matas sempre que o trabalho lhe deixava uma tarde livre. Passou a procurar o rosto nas poças deixadas pela chuva. Mais de uma vez, sentou no muro do poço e a procurou nos reflexos do fundo. Certo domingo, foi de novo até a vila e perguntou se alguém vira uma mulher vestida assim e assim, bonita, de cabelo escuro, montada num cavalo preto. Mas não, ninguém vira a tal forasteira. Mesmo assim, pediu ao barbeiro que, caso visse a dama ou um cliente a referisse, o avisasse. Sem sucesso na busca, foi até o santuário. O zelador informou que sim, a mulher estivera lá acompanhada do marido ou amante; que tinham dormido no templo e que haviam partido na manhã seguinte. Afora essas informações, nada mais tinha para dizer.

Sem mais a menor esperança, Artêmio foi à casa de La Maruja. Antes, porém, convidou Quirino para o acompanhar. Precisava de uma testemunha, caso ela surgisse, pois já estava desconfiando de que jamais a tinha visto, que tudo fora efeito de não sabia o quê.

Como o patrão não dera o motivo da necessária companhia, Quirino nada perguntou.

Na casa de La Maruja, os dois homens foram logo ao mictório. Artêmio postou-se frente ao espelho enquanto o peão, um tanto mais afastado, olhava por cima do seu ombro. Assim ficaram por um tempo. Mas Ágata não retornou. Frustrado, Artêmio desistiu, mas perguntou a Quirino se havia visto algo. O empregado respondeu que sim, senhor, ele tinha visto refletida a face do patrão.

A própria dona da casa serviu o vinho e, por certo tempo, falaram do clima, de desavenças por causa de limites de terras, mortes e também sobre uma repentina queda nos negócios da casa. A certa altura, La Maruja acendeu mais um cigarro e, depois de uma baforada, revelou:

— Mañana tem gente nueva na casa. É una niña loira, de seios que mais parecem dois limonzitos. Foi engañada pelo novio y quando sus pais souberam del facto la expulsaram de casa.

— Qualquer noite dessas, venho conhecer a moça — disse Artêmio ordenando mais uma garrafa. Entusiasmada com a prodigalidade do amigo, La Maruja fez mais uma revelação. Fazia pouco que o bordelzinho recebera a visita de um estranho. O homem, que bem podia ser um criminoso disfarçado ou um assaltante de estrada, passara a noite na casa.

Segundo a velha, o homem era um tipo alto e bonito; estava armado e, na cabeça, trazia um capacete prateado. Apresentou-se como um militar em férias. Porém, enquanto ele bebia, ela puxara mais assunto. E descobriu que o visitante era estrangeiro, que viera para venerar as relíquias em Matacavalos. Soube também que sua companheira o abandonara fazia já alguns dias. Antes de escolher uma parceira, o cliente quis tomar um banho. Ela informou que o banheiro não era lá essas coisas. Mas, como o homem insistisse, duas mulheres lhe prepararam um banho quente. A tina fora arrastada para o centro da cozinha, e a velha, na sala, pudera ouvir as risadas do trio. Depois de longa e alegre algazarra, o grupo se trancou no quarto dos fundos. O homem deu por encerrada a festa quando já raiava o sol. Ao pagar o serviço, ainda deixou um bom dinheiro, em moedas que ela supunha serem de ouro verdadeiro. Em seguida, partiu num trote garboso.

Artêmio recebeu calado a boa notícia. Com o casal separado, seria mais fácil aproximar-se de Ágata. Voltaria a percorrer os campos e grotas, os vales e as matas fechadas. De longe, a reconheceria ao ver seu cavalo negro.

Dias depois, Artêmio constatou que suas poucas vacas estavam sem sal. Os cochos, no campo, estavam vazios. Foi até Matacavalos comprar uma saca.

Ao voltar, passou pela figueira onde conhecera Jorge e Ágata, viu um pequeno grupo ali reunido. Reconheceu logo o subprefeito acompanhado de dois brigadianos.

Examinavam algo junto ao bebedouro. Apeou e foi ver o que ocorria. Inquietou-se ao ver o cavalo de Ágata atado a um angico. Chegou junto ao grupo, e lhe contaram que tinham encontrado o corpo de uma desconhecida. A mulher vestia grandes panos roxos. Um sentimento confuso de paixão e rancor lhe tomou o peito. Queria gritar à morta o quanto padecera sob seus quebrantos e que, mesmo assim, a amava. No entanto, a morte, em sua fria tarefa, tornava inúteis quaisquer queixas ou confissões. E, como que insultando a morta, fizera uma velhice extrema adonar-se do cadáver. Mesmo assim, porém, sob a pele ressequida do rosto, ainda brilhavam, debilmente, uns poucos resquícios de beleza. Nas mãos rígidas, retinha alguns restos de cogumelos venenosos. Artêmio conseguiu ficar em silêncio. Tentou fazer uma oração, mas não se lembrava de nenhuma. Na impossibilidade da reza, ficou atento à conversa. Logo ficou sabendo que, ao examinarem a mochila da mulher, não encontraram nenhum documento que a identificasse. Acharam apenas quatro livros, um lenço de renda e o que lhes parecera um missal em idioma desconhecido. Naturalmente, o subprefeito não mencionou as moedas de ouro em um saquinho de veludo. Para evitar investigações complicadas e que sem dúvida levariam muito tempo — anos, talvez —, a autoridade pediu sigilo absoluto aos presentes já que enterrariam o corpo secretamente.

Antes de partir, Artêmio se agachou e, afastando as sedas, deixou à vista o peito de ágata. E todos puderam ver o torso mutilado. No lugar dos seios, duas cicatrizes feias e circulares. Por instantes, se fez silêncio e foi possível ouvir o murmúrio consternado do rapaz:

— No sonho, ela era jovem e tinha seios bonitos.

O subprefeito fez de conta que nada ouvira, e Artêmio se despediu. As autoridades, porém, ocupadas em ocultar o corpo, não notaram o esforço de Artêmio para conter as lágrimas.

O GENERAL E SUAS MULHERES

De manhã cedo, ao chegar à residência do general Rugardo Boaventura, o cozinheiro e único empregado da casa o encontrou caído nos degraus de entrada. O velho militar estava morto. Um tiro na têmpora esquerda o liquidara. Não havia outros sinais aparentes de violência, o que se comprovou em exame posterior. O cozinheiro entrou na casa e, no saguão, ligou para a polícia. Narrou o fato e ficou à espera. Enquanto isso, apanhou um lençol no primeiro andar e cobriu o cadáver.

A polícia chegou ao final da manhã, fez as perguntas de praxe e levou o empregado para a delegacia. Naquela noite, o cozinheiro dormiu sentado num banco e só voltou a ser interrogado na manhã seguinte. Àquela altura, sua amante já tinha sido localizada. A mulher confirmou que estivera com o empregado do general na noite anterior. E o frentista de um posto de gasolina, na zona sul, confirmou que atendera o casal às onze da noite, hora em que ocorria o crime, no outro extremo da cidade.

Os legistas, por sua vez, atestaram não haver outros

sinais pelo corpo, exceção feita às cicatrizes na parte superior das orelhas. Sua forma arredondada resultara de uma cirurgia corretiva realizada havia muitos anos.

A polícia atestou latrocínio como a motivação do crime. O desaparecimento do relógio da vítima apontava para essa conclusão. Em ouro maciço, a valiosa peça sumira do bolso do cadáver.

Rugardo não tinha parentes próximos, exceto um filho que, à época, morava na Europa, em lugar não sabido. Pela dificuldade de localizar seu paradeiro, o exército tomou a si a responsabilidade do funeral. O corpo de Rugardo, depois de realizados os ritos, foi sepultado em um dos cemitérios da cidade.

A polícia, no entanto, seguiu com as investigações no interior da residência. Nada foi encontrado de relevante, nem sequer digitais que não fossem as da vítima e do seu empregado. Constatou-se tão só que Rugardo Boaventura havia sido um leitor bastante especializado. Com o interesse centrado em ensaios políticos, não causou surpresa o fato de que seus livros de cabeceira fossem *Mein kampf*, de Adolph Hitler, e *O pensamento revolucionário*, de Stalin. Também foi achado um exemplar de *O portal dos mistérios*, de Stanislas de Guaita, em que a leitura fora interrompida ao final do capítulo intitulado As transmutações — *como e por que ocorrem*.

Com a morte do general, revelaram-se alguns fatos um tanto insólitos. Sua mansão, no centro de uma antiga chácara, tinha vazia a quase totalidade dos cômodos. Dentre as raras peças mobiliadas, figuravam o quarto de dormir, a cozinha e a sala de jantar. Não havia obras de arte na casa, exceção feita à reprodução, em tecido, de *O homem do elmo*, atribuída a Rembrandt. O quadro se achava pendurado no saguão. Em contraste com o despojamento geral, a biblioteca tinha as paredes tomadas por estantes e, junto à única janela, uma confortável cadeira para leitura. A um canto, havia uma secretária e uma máquina de datilografia. Nada mais.

A chácara, de alguns poucos hectares, era remanescente dos tempos em que o bairro tinha características rurais. Situado sobre uma formação rochosa, serviu também como local de veraneio das famílias abastadas na virada do século XIX.

A chácara pertencera a uma família alemã, os Rosenkranz. Desde a construção do solar, a família Rosenkranz preservara a floresta original em um dos lados da propriedade. À época, a chácara era maior. Com as partilhas, no entanto, perdeu bastante de suas dimensões originais.

A existência da mata nativa agradou muito ao velho militar e foi o fator decisivo para a compra. Depois da aquisição, os jardins que cercavam o solar tiveram desfeitos seus canteiros. Em seu lugar, o novo proprietário introduziu mais árvores nativas. O plantio compacto foi realizado sob orientação de um botânico. Onde antes havia lírios e roseiras, foram traçadas algumas trilhas de saibro. Passados alguns anos, os jardins estavam transformados em uma selva fechada e, aparentemente, impenetrável. O caótico labirinto de árvores, cipós e gravatás mal deixava entrever, em seu centro, a alva moradia do proprietário.

A morte do general não produziu curiosidade nem consternação entre os moradores próximos. Talvez a maioria sequer tenha percebido a chegada da polícia ou da ambulância.

O bairro de Paineiras é certamente o mais nobre e seleto da cidade. Nele, as mansões circundadas por amplos gramados e os apartamentos, nos luxuosos prédios, abrigam donos de grandes fortunas.

As ruas do bairro são muito limpas e silenciosas. Por elas ninguém transita. Apenas os empregados, quando dormir no emprego não faz parte do contrato, chegam pela manhã e partem à tardinha. Os patrões, por sua vez, somente se deslocam em carros de luxo. De resto, há um elegante desinteresse por tudo que não lhes diga respeito diretamente.

Quando a chácara foi vendida, após anos de abandono, ninguém se interessou em saber quem seria o novo proprietário. Por sua vez, ao adquirir o imóvel, Rugardo alcançou o que perseguia há décadas — uma casa que propiciasse discrição e, se possível, anonimato. Por isso, não seria exagero afirmar que a única pessoa, em Paineiras, que conheceu o general tenha sido o guarda-noturno do quarteirão. O conhecimento, porém, se restringiu ao cumprimento e à troca apressada de algumas palavras. Já nas raras ocasiões em que o general se excedia na bebida, a conversação se estendia um pouco mais.

Rugardo somente deixava a mansão para passeios à noite. Saía à pé com sua bengala e fazia longas caminhadas. Outras vezes, saía em seu Buick, comprado de um colecionador em São Paulo. Os passeios eram demorados e nem sempre o guarda o via retornar. Sem dúvida, pensava o homem, o general deveria estar passando a noite em um motel ou teria entrado em casa pelo portão dos fundos.

Rugardo era um homem forte, que dispensava óculos de leitura e se apoiava na bengala de ébano mais por estilo pessoal do que por necessidade. Certas noites, se bem-humorado, falava de sua vida de Don Juan. Contava então, sem pedir sigilo, sobre as muitas mulheres que tivera nos braços. E as tantas que havia engravidado. Tinha filhos esparsos por São Paulo e pelo Rio de Janeiro. Ao tocar no assunto, fazia troça e se definia como um predador fardado. Logo emendava advertindo que fazia depósitos regulares à guisa de pensão para as que haviam gerado filhos seus.

Ao completar oitenta anos, Rugardo decidiu que era tempo de escrever suas memórias. Telefonou aos jornais e encomendou um anúncio em busca de uma secretária. Descreveu sucintamente as tarefas, informou o salário e esperou o retorno. Dias depois, contratou Joana, não sem antes adverti-la do absoluto sigilo dos fatos a serem anotados. Também frisou, mais de uma vez, que a edição das memórias só poderia ocorrer vinte anos após sua morte.

Tendo sido um dos urdidores do putsch de 1964, Rugardo foi agraciado pelo comando maior do golpe. Estrategista de renome, o então coronel foi transferido para a capital paulista. Lá, sua ação seria desenvolvida à frente de um dos mais temidos órgãos de repressão aos adversários do regime. O período em que o dirigiu foi talvez o mais violento de que se tem notícia.

Ao assumir, o coronel mandou reformar duas salas contíguas a seu gabinete. Transformou-as em um pequeno apartamento de porta dupla, sem janelas que dessem para o exterior e paredes que não permitiam a passagem de sons. O espaço, ao qual somente ele tinha acesso, era também usado como garçonière.

Os detentos homens eram levados para as celas, e a tortura era no subsolo. Já as mulheres, dependendo do tipo físico, passavam primeiramente por seu gabinete. Ele então as inquiria a sós, sem outros assistentes. Passava noites a interrogá-las num afã investigativo que causava admiração e, ao mesmo tempo, maledicência.

Rugardo fazia promessas de liberdade no caso das detentas serem cordatas e cooperativas. Às que se recusavam ao assédio, acenava com uma descida aos infernos, nos porões. Lá ficava o que era conhecido por corredor da morte. Em suas celas, ficavam trancafiados os inimigos políticos e os criminosos comuns de alta periculosidade. Nas masmorras, aguardavam a execução.

Ao final do corredor, estava a piscina imunda à espera de prisioneiros para um mergulho de vários dias. Ficavam nus, com a água pelo queixo, correndo risco constante de afogamento. Rugardo alertava que, ao experimentar a piscina, a detenta confessaria qualquer coisa e se arrependeria por não ter falado antes.

As mulheres que colaboravam eram liberadas dias ou semanas depois. Algumas retornavam, mais tarde, aos primeiros sinais de gravidez. Vinham em busca de auxílio para os gastos iniciais com o parto.

Segundo os jornais clandestinos Estrela Vermelha e

A Voz do Povo, Rugardo foi também designado gerente de um projeto impensável em outros tempos. Nesse, os prisioneiros seriam embarcados em voos noturnos. Ao sobrevoarem o oceano, eram jogados vivos ao mar.

Quando já não era mais possível governar a partir do ideário golpista, Rugardo pediu a reforma. Deixou São Paulo e, com uma fortuna amealhada ao tempo em que servia ao poder central, retornou para o sul. Comprou a chácara, fez reformas mínimas, mandou eliminar os cupins e se dedicou a criar uma selva particular. Gabava-se de sua força física e longevidade, às quais devia, segundo ele, a sua intimidade com a natureza e a obediência cega que lhe devotava. Arrependia-se por não ter criado, quando jovem, uma sociedade secreta que preconizaria a total sujeição aos instintos naturais.

Ao rolar dos anos e na medida em que a mata crescia, Rugardo estabeleceu uma relação direta e rude com a natureza. Sentia-se como parte da mata e nela se embrenhava a intervalos regulares. Nessas ocasiões, inspirava profundamente, inalando o ar morno e aromático que pairava na selva. Em certas noites, quando mais exaltado, roía a casca de espécies determinadas. Também sugava a seiva de certas plantas e devorava qualquer tipo de cogumelo, fosse venenoso ou não. Acreditava, desse modo, se apropriar da energia vital em estado bruto presente em todos os seres da floresta. Para manter secreto seu hábito, dispensava o empregado por vários dias seguidos. Uma vez sozinho, trancava portas e janelas e desaparecia na mata. Rugardo também cavou um bunker em que se abrigava caso fizesse mau tempo. O esconderijo não passava de uma toca ou covil, como aqueles que os animais selvagens cavam em seus territórios. Na apertada toca, por entre raízes e folhas secas, se abrigava da chuva e do frio.

Sua excentricidade não foi suspeitada por ninguém. O único fato que alguns vizinhos estranharam foi o comportamento dos cães nas imediações. Movidos por algum sentido, uivavam à noite, formando um coro soturno. Ninguém poderia imaginar que os uivos sinalizavam a presença perigosa de um ser desconhecido.

Dentre as cartas recebidas em resposta ao anúncio de emprego, uma chamou a atenção do general. Era a de uma jovem de nome Joana, nascida, como soube mais tarde, em região de colonização alemã. Formada na universidade pública, Joana não tinha experiência anterior como secretária. Mesmo assim, o fato da jovem ter domínio do idioma alemão agradou por demais ao general. Uma vez contratada, Joana passou a desenvolver suas atividades durante oito horas com um intervalo de duas horas para o almoço.

Órfã de pai desde menina, Joana tinha nos tios a representação da figura paterna. Durante toda a infância, sofrera a falta do pai. Invejava as amiguinhas da escola e ouvia, curiosa, as histórias que contavam, histórias em que a figura paterna era a personagem central.

Enquanto as memórias se acumulavam, o general passou a desenvolver um outro interesse por Joana. Lembrava-se do tempo em que chefiara a repressão. Nunca deixara de tratar uma mulher com cavalheirismo, por mais perigosa ao regime que se tivesse mostrado. As mais bonitas eram conduzidas à sua garçonière e lá ficavam até confessarem, quando havia algo a ser confessado. O tempo de permanência nos seus aposentos variava, embora sempre fosse o bastante para que conseguisse seduzir a detenta. Rugardo se orgulhava de jamais ter violentado uma das mulheres sob sua custódia. As seduzira com promessas de liberdade e proteção, promessas que sempre cumprira rigorosamente. Além disso, soubera fazer uso do obscuro fascínio que emana dos torturadores. Todas as prisioneiras sucumbiam a seu encanto letal.

Quando chegou pela primeira vez à mansão, Joana se maravilhou com a luxuriante selva que circundava a casa. Ao ser levada à biblioteca, ficou intrigada com o vazio das salas pelas quais era conduzida. Quando finalmente chegou à presença do general, percebeu que se preocupara sem razão. Temera que seu possível empregador fosse um milionário excêntrico e voraz. No entanto, tinha à sua frente um senhor idoso e respeitável. Sentia que ali estaria segura e protegida.

As primeiras semanas de trabalho transcorreram calmas na companhia serena do velho. Rugardo falava devagar e seguidamente deixava aflorar ideias e imagens que eram fruto da livre-associação. A contribuição inconsciente fazia com que a narração a ser transcrita fosse interrompida. Joana registrava os novos e inesperados relatos para, mais tarde, encontrar o lugar adequado onde encaixá-los. Já Rugardo estava satisfeito com o trabalho de Joana. Achava a moça bonita e inteligente e, ao final da tarde, quando ela apanhava a bolsa para partir, Rugardo gostaria de retê-la. Mas silenciava e se continha. O momento certo haveria de chegar. Como as outras, Joana seria certamente mais uma presa.

Joana almoçava com o general todos os dias. De início, se sentia constrangida. Não sabia o que conversar à mesa. Envergonhava-se de comer apressadamente, o que fazia para logo poder deixar a sala.

Rugardo, por sua vez, apreciava e até mesmo se divertia com o que considerava acanhamento de quem se criara no interior. Sempre gostara de dominar e vencer a timidez de uma mulher, o que comparava ao prazer de desnudá-la.

Para a secreta satisfação de Rugardo, o jogo de sedução começava a dar resultados. Ao final do dia, Joana já permanecia alguns minutos a mais. Nesses breves momentos, a conversação era feita de amenidades. Às vezes, o general falava de suas viagens à Amazônia. Contava sobre as incursões que fizera na selva. Na floresta, procurava se nutrir com as energias da natureza. Mas o calor insuportável da selva e as febres tropicais o haviam levado a desistir das expedições. Sempre amara a natureza e, por isso, criara uma selva em torno de sua mansão.

Joana tinha poucos momentos livres. Depois do almoço, quando Rugardo subia para seu quarto, ela saía a passear pelo que ainda restava dos antigos jardins. Durante um desses passeios, tomou uma das trilhas que percorriam a mata. Descobriu assim o covil que Rugardo cavara. Não deu maior importância à descoberta e pensou que, talvez, fosse um poço abandonado, ali existente desde os tempos em que havia granjas no bairro. Mais tarde, num intervalo em que o empregado lhes trouxe café, Joana contou sua descoberta. Rugardo esclareceu que ele próprio cavara o fosso sem outro objetivo que não o de exercitar os músculos.

Passado um ano de trabalho, as memórias do general tomavam a forma inicial. Haveria ainda muito a fazer até alcançarem o formato definitivo.

Àquela altura, Joana já estava sendo cortejada e recebeu de presente um conjunto de joias em platina e safiras. A partir daí, a corte e os mimos se tornaram constantes. Durante uma pausa no trabalho, Rugardo, num arroubo lírico, declarou que Joana era um "delicado feixe de luz a clarear as horas crepusculares" de sua vida. Joana achou bonito o cumprimento e agradeceu. Em seguida, retomou a revisão das anotações.

Num fim de tarde, quando se preparava para voltar para casa, Joana anunciou que estava grávida. Ela esperava ver uma reação de raiva ou de alegria no rosto do general. Não viu nada, porém. Aparentemente tranquilo, o velho levantou de seu sofá e foi até a mesa. Abriu a gaveta e assinou um cheque em branco. O colocou na bolsa de Joana e disse que fizesse o aborto o quanto antes. Ela não disse nada. Ficou com o cheque, pegou a bolsa e se despediu. Não veria o general novamente até a data do crime.

Já era noite fechada quando Joana chegou à mansão. Rugardo a recebeu com alguma formalidade inicial e perguntou a que devia sua agradável visita. Joana contou que o menino já nascera. Era forte e saudável, mas ainda não tinha nome. Tivera a criança em casa, na colônia, auxiliada por uma parteira, velha amiga de sua mãe. O garoto era bonito, embora tivesse orelhas deformadas. Eram pontudas e cobertas de pelo. Sem demonstrar surpresa ante o fato, o general revelou a verdade. Sugerira o aborto por causa da deformidade hereditária. Concluiu dizendo que as orelhas do menino certamente eram de lobo. E não fez outras revelações que poderia ter feito. Levantou-se e conduziu Joana para o saguão. Abriu a porta e sempre a conduzi-la, saiu para o jardim. Com um braço sobre os ombros de Joana, disse que o empregado não poderia levá-la, já que essa era sua noite de folga. Ela não respondeu, e, já nos portões, o velho general a abraçou. Joana não retribuiu o abraço. Nem sentiu emoção alguma, apenas uma profunda repulsa. Mesmo assim, se deixou envolver e, às cegas, tateou na bolsa. No momento em que era beijada, Joana encostou o cano da arma na têmpora de Rugardo e disparou. O estampido correu pela noite. A cambalear, ele se voltou para a casa. Tentou chegar às escadas, mas caiu de costas, os olhos imóveis a fixar o céu estrelado.

Joana foi até o morto e retirou seu relógio. Guardou-o na bolsa e, nervosa, limpou os respingos de sangue no rosto. Depois, desceu apressada a rua em busca de um táxi.

JONAS, MAURO E HORACINA

Para Salete Farias,
carinhosa presença sempre

Solitária e insignificante, a vila de Rosa Cruz jaz em meio ao pampa. Nenhum fato histórico ali ocorreu. Nenhum de seus habitantes, hoje ou no passado, se distinguiu por algum feito relevante. Não fosse o batalhão de cavalaria lá sediado, Rosa Cruz poderia passar por um vilarejo fantasma. A maioria de seus moradores ainda trabalha no campo ou se arrancha nas estâncias para servir como peões.

O nome da vila não deriva de seitas esotéricas, como se poderia apressadamente concluir. O que se sabe, com certeza, é que Rosa Cruz foi uma mulher de posses que cedeu terras para a instalação do quartel, em meados do século XIX. Mais tarde, o governador da província decidiu honrar a memória da cidadã ao dar seu nome à incipiente cidadezinha. Até então, o lugar era designado como "povo" do Campo Raso.

Rosa veio do lado argentino. Chegou com muitas carretas, arcas e um séquito de criados. Apenas acomodada, tratou de mudar de nome. Escolheu Rosa Cruz, versão abreviada de seu nome de batismo, Rosa Rosario de la Cruz.

A castelhana viera para ocupar uma estância que herdara. Tomou posse e por aqui ficou.

O desenvolvimento do lugar foi consequência natural do aglomerado militar. Algumas poucas ruas definiram o centro. Na rua principal, conhecida por Rua Grande, se encontravam a oficina mecânica, próxima à estrada que seguia para Rincão do Butiá, a igreja, um armazém de secos e molhados, uma loja, o Baratilho Rodriguez — tecidos & aviamentos, e uma marcenaria. Nessa, eram fabricados móveis um tanto rústicos, além de caixões para quando alguém morria. À época dos fatos aqui narrados, a marcenaria estava quase desativada. O proprietário, seu Jonas, já era velho, e seu ajudante era apenas um pouco menos idoso.

Do outro lado da rua, estava o Baratilho Rodriguez, de Maurício Rodriguez, conhecido como seu Mauro. O comerciante, judeu sefardita, por ali aparecera havia anos. Viera de Porto Alegre e, ao se mudar, trouxera alguns baús e malas com tecidos, as fotos de seu casamento (que evitava olhar), a vitrola e uma coleção de discos. Valsas vienenses, lieds alemães, alguns tangos e um pouco de música espanhola compunham o repertório. Mauro tinha o costume de, aos domingos, sentar na varanda dos fundos para ouvir música. Retraído, fizera poucos amigos. Para os concertos domésticos, porém, convidava sempre o vizinho marceneiro. Jonas vinha acompanhado de sua cadela Princesa. A cachorra dormia com o dono e lhe aquecia os pés nas noites geladas de inverno. Mauro se admirava de nunca ter visto o vizinho se coçar por causa de alguma pulga a incomodá-lo. É que, pela explicação de Jonas, ele tratava muito bem a cadela. Cuidava de seu pelo e a banhava uma vez ao mês, fizesse frio ou calor. Diluía creolina na água e lavava o animal com sabão preto.

Em suas visitas a Mauro, Jonas trazia o mate já preparado. Ficavam os dois a matear e ouvir música. Deitada entre ambos, como se junto de sua matilha, a cachorra dormitava.

No início de sua vizinhança, os dois velhos conversavam pouco. Nos encontros, reinavam mais silêncios do que palavras. Aos poucos, no entanto, a cautela inicial cedeu e se tornaram bons amigos.

Jonas, nascido em Rosa Cruz, raras vezes deixava a vila. Nessas ocasiões, tomava o ônibus-jardineira que fazia a linha Rosa Cruz-Rincão do Butiá. A viagem acontecia quando o marceneiro precisava de uma camisa nova ou um agasalho mais quente. Fazia as compras ainda de manhã e voltava ao final da tarde, quando o ônibus retornava. Ao tempo em que sua mulher vivia, era ela quem cuidava dessas coisas. Porém, ao se tornar viúvo, coube a ele a tarefa. Uma vizinha lhe fornecia as refeições e lhe lavava a roupa e a dos meninos. De início, sentira muita falta da esposa. Mas, aos poucos, se acostumara a dar conta de si e dos filhos. Não podia contar com os rapazes aos quais se referia, sem mágoa, como seus "três malacaras". O mais velho partira para Santa Maria e por lá ficara. De quando em quando, vinha vê-lo. O do meio fora trabalhar numa estância de Corrientes, onde era capataz e recebia um salário bom. Já o mais novo simplesmente sumira. Era o mais bonito dos três e, ao se despedir, dissera apenas que queria ver o mundo. Recentemente mandara notícias. A carta não fora muito mais do que um bilhete. Nesse, prometia aparecer quando menos o pai esperasse.

Já Mauro não tivera filhos. A mulher morrera no parto e a menina, a que dera à luz, falecera um pouco depois. Com as perdas, sentiu o chão lhe faltar sob os pés. Desde então, viu-se prisioneiro da memória. A rua, o bairro, a casa, o cinema — tudo lhe trazia a imagem de Clarita. Numa noite em que perdera o sono, ficou a imaginar possíveis saídas para sua situação. Nascia a manhã quando, finalmente, lhe pareceu ter achado um caminho. Precisava apenas encontrar um lugar pequeno, cidade ou vila, onde jamais tivesse estado com a mulher. Assim, acreditava, poderia conviver com o vazio aberto pela morte.

Antes de se decidir, foi consultar o rabino. O religioso o aconselhou a ficar próximo dos amigos, na comunidade. Encontraria, certamente, uma outra esposa. Mauro admitiu a sabedoria do conselho, embora o mesmo tivesse partido de alguém que não perdera a mulher amada. Depois de pesar os prós e os contras, optou por fazer o que o coração lhe pedia. Foi para o interior após escolher Rosa Cruz como novo lar.

Os dois viúvos conversaram mais longamente pela primeira vez quando Mauro foi à marcenaria. Precisava de uma estante e um tampo novo para o balcão. Nos dias seguintes, continuou a visitar a oficina com alguma frequência. Queria ver o andamento do serviço. Numa dessas ocasiões, ao ver que Jonas construía um caixão, encheu-se de coragem e pediu, como disse, um favor inestimável. Queria que, ao morrer, e se acaso Jonas estivesse por perto, o amigo lhe fechasse os olhos. Temia adentrar de olhos abertos o reino dos mortos. De olhos cerrados, os demônios não teriam como lhe roubar a alma. Impressionado com o que ouviu, Jonas prometeu atender-lhe o desejo. Selaram o compromisso com um aperto de mãos.

Mauro e Jonas se visitavam costumeiramente aos fins de semana. O anoitecer, aos sábados, era a hora dos concertos. Já os domingos eram dias de churrasco em casa de Jonas. Os dois se revezavam nos gastos com a carne e os embutidos. Já o assador era sempre o marceneiro. Mauro nunca aprendera a assar.

Nos dias mais quentes, davam-se ao luxo de uma ou duas cervejas esfriadas na água gelada do poço. Nas noites de lua cheia, se fizesse bom tempo, sentavam em frente à loja e contavam episódios de seu passado entremeados de pausas em que não diziam nada. Ficavam a ver a noite.

Se fizesse muito calor, o que não é comum naqueles campos, iam até uma casa na periferia. Mauro relutava em acompanhar o amigo nessas incursões inocentes, mas sempre divertidas. Não se sentia à vontade no que chamava de casa de tolerância. Ficava impaciente no recinto tomado de perfume doce e promessas de prazer. Mauro insistia em não se demorarem e a toda hora consultava o relógio de bolso. Mas Jonas não dava importância à impaciência do amigo e prosseguia no que Mauro chamava de trololó.

A dona da casa, esperta e competente, tinha por norma agradar os clientes a qualquer custo. Se não fosse pelo pequeno grupo de moças sob seu comando, era pela cerveja e pela simpatia. Mãe Otília, como era chamada pelas garotas, mandava buscar barras de gelo em Rincão. Por isso a bebida da casa conseguia ser a mais gelada de toda a redondeza. Quando os velhos, acompanhados de Princesa, chegavam, tinham a companhia de uma ou outra moça. Jonas aproveitava para contar algumas anedotas indecentes, enquanto Mauro encabulava. Ao final da história, todos riam, e mesmo Mauro, sem mais conseguir se conter, caía na risada geral.

Algumas vezes, estimulados pelo álcool, os dois amigos faziam confidências sobre temas secretos. Isso quando a conversa derivava para a vida amorosa que haviam levado ou para histórias de família. Jonas falava de suas experiências, desde quando ainda no quartel. Algum tempo depois, acontecera o encontro com aquela que seria sua mulher. Na viuvez, enfrentara uma dura luta para criar os três meninos. Fez questão de que completassem a escola fundamental e lhes impôs algumas regras que considerava corretas. Não fora muito severo com seus malacaras, mas um dos itens da disciplina fora o de lavarem, eles próprios, sua roupa interna.

Sob o olhar do pai, a vida dos garotos correu sem problemas graves. Até que, certo dia, Jonas se deu conta de que tinha três homens feitos à sua volta. E como nenhum quis seguir o ofício paterno, um a um abriram as asas e partiram.

Já Mauro falava na rigidez de seu velho. A mãe havia

sido muito carinhosa, mas nunca interferira nos corretivos que o pai lhe aplicava. À noite, de seu quarto, ouvia os pais discutirem. Muitas vezes, a mãe chorava. Mas o pior ocorria aos domingos, quando o pai se tornava intolerável em sua arrogância. Nesses momentos, se julgava a palmatória do mundo. Vociferava contra imaginários desafetos e contra quem lhe devia algum dinheiro. Mauro, então, buscava refúgio na penumbra das matinês. Ao voltar para casa, os ânimos já tinham serenado, embora o pai seguisse de cara fechada.

Quanto ao amor, Mauro não tivera experiências na juventude. Clarita fora a primeira e única mulher em sua vida.

A diversão em Rosa Cruz se resumia ao jogo da bocha para os mais velhos e o futebol para os adolescentes. Para quem estava melhor de vida, havia a Sociedade Recreativa Rosa Cruz. Lá, se podia jogar escova ou fazer uma partida de sinuca. Mas os jogos eram a dinheiro, o que afastava alguns. Jonas e Mauro eram desses que não queriam arriscar.

Para desgosto de Mauro, o cinema mais próximo ficava em Itaqui. Falava com saudade da cintilante beleza de Jean Harlow ou do perturbador fascínio de Greta Garbo; lamentava não ter mais como ouvir a voz de Deanna Durbin nem se imaginar sucumbindo ao sortilégio de Marlene Dietrich.

Por causa das raras opções de diversão, Rosa Cruz era tomada de expectante euforia quando se anunciava a vinda de um circo. Mais rara era a chegada de um teatrinho mambembe. As folhas de zinco das paredes, o palquinho em forma de ferradura, a cortina em brocado cor de vinho e a serragem pelo chão da plateia compunham a singeleza da casa de espetáculos. Durante as curtas temporadas, as melhores pilchas eram retiradas dos cabides, e as mulheres se esmeravam ao passar a ferro os vestidos domingueiros. Já os soldados do batalhão de cavalaria gastavam seu minguado soldo para ver as comédias constantes do repertório. Durante as apresentações, davam grandes risadas e assobios estridentes. Assim conseguiam esquecer, por momentos, o mau humor do sargento e a severidade do tenente.

A boa-nova da vinda do Gran Teatro Nando Granado rolou rápida pela cidadezinha. Posta de pé a casa num campinho baldio, alguém chamou ao portão da marcenaria. O forasteiro era um homem alto e magro, de cabelos e bigode tingidos de preto. Era o próprio Nando Granado, proprietário e ator principal do Gran Teatro. O artista precisava de serragem para completar a forração da sala. Jonas providenciou dois sacos e não aceitou pagamento. Grato, Nando retribuiu com uma entrada permanente para duas pessoas.

Na noite da estreia, Jonas se pilchou, e Mauro se vestiu com mais apuro. No caminho até o Gran Teatro, Princesa, de banho tomado, precedia os dois amigos. Impedida de entrar, a cachorra se aninhou numa confortável moita de capim-barba-de-bode, próxima da bilheteria. Ali ficou à espera do dono.

Na plateia, os amigos se acomodaram na primeira fila. Enquanto esperavam o início da peça, passaram os olhos pelo programa. Nessa noite, se encenava *A rainha ultrajada*. No elenco, constavam, entre outros, o nome de Nando no papel do Conde de Sotomayor, e a atriz Horacina aparecia como a Rainha Felipa. A ação era simples: Felipa, venerada por seu povo, reinava com justiça e bonomia. Seu primo, o Conde de Sotomayor, cobiçava o trono.

Felipa prometera a mão a um nobre que estava guerreando na Terra Santa. Para Sotomayor se adonar do poder, precisava casar com a rainha. Ou matá-la. As desgraças de Felipa e a audácia de Sotomayor cresciam de cena para cena. O clímax, no terceiro ato, acontecia com a rainha, disfarçada de monge templário, em duelo com Sotomayor. Felipa o matava e, nesse momento, seu noivo retornava de Jerusalém.

O público foi caloroso nos aplausos. Depois dos agradecimentos e ainda vestido de Sotomayor, Nando anunciou a surpresa da noite. Horacina, após mudar de figurino, cantaria alguns sucessos de Gardel e outros de Carlos Galhardo.

Acompanhada de três músicos, a atriz deu início ao brinde musical com *Por una cabeza*. Depois dos tangos, prosseguiu com valsas de Galhardo. O belo timbre, a afinação e o alcance da voz de Horacina levaram Mauro às lágrimas. E Jonas, que nunca ouvira uma cantora tão bela, não tinha palavras para expressar seu encantamento.

Ao longo da temporada, Mauro e Jonas ocupavam sempre duas cadeiras próximas do palco. Para isso, chegavam cedo e ficavam na expectativa de ver Horacina fora de cena.

Para sua decepção, tal nunca sucedeu. Como convidados do Gran Teatro, assistiram a *A filha de Charlie Chan*, *O corsário dos sete mares*, *A donzela Teodora* e várias outras peças.

Já as comédias eram assistidas apenas por Jonas. Mauro não comparecia ao teatro nessas noites. Alegava que a plateia de soldados cavalarianos o irritava pela algazarra que faziam. Além disso, Horacina não participava dos elencos cômicos nem cantava ao final para encerrar a noite. Posteriormente, Mauro mudaria de ideia, sem dar os motivos para tanto, e passaria a assistir às comédias.

Mauro criticava, de modo geral, os dramas apresentados. Dizia que eram adaptações desajeitadas de radionovelas ou de filmes seriados como o renomado *Os perigos de Nioka*. As críticas eram procedentes, embora Jonas não desse atenção aos reparos do companheiro. Não se preocupava com isso. Nem tinha como, já que nunca fora a um cinema e jamais ouvira um folhetim radiofônico. Fora isso, o marceneiro normalmente cochilava quando a ação dramática esmorecia. Acordava, porém, nos momentos em que Horacina dizia seus solilóquios. Mesmo assim, os velhos sempre aplaudiam com entusiasmo. A presença da talentosa Horacina compensava qualquer problema na encenação. Mais de uma vez, aplaudiram a moça em cena aberta e se superavam em frenéticas palmas ao final de cada canção. O calor de seus aplausos acabou por chamar a atenção da atriz. Horacina passou a lhes dirigir um agradecimento especial e, certa noite, chegou a enviar um beijo soprado da palma da mão.

Certa mudança, que vinha se impondo aos dois, tomou corpo após o beijo de Horacina. O marceneiro deixou de cochilar quando a ação dramática emperrava. Seguia com intenso prazer, como se os degustasse, o menor gesto, qualquer olhar ou entonação da atriz. Para Jonas, bastava a presença de Horacina.

Em Mauro, a atriz lhe acendia vida no coração há muito imerso em letargia. Algumas vezes, chegou a fechar mais cedo o Baratilho. Se dirigia, então, para os lados do Gran Teatro e o rondava como quem, por acaso, estivesse passeando pelas redondezas. Nessas rondas, fantasiava encontros secretos com a artista. Declarava seu amor e fazia propostas de uma vida a dois que a estrela talvez aceitasse.

A vinda do Gran Teatro agira como um divisor de águas. Para os dois amigos, a vida já não era monótona. Havia Horacina, e ambos estavam fascinados pela moça. Durante os churrascos, ela era o assunto constante. Em seus sonhos, a bela mulher imperava absoluta. Os irrealizáveis desejos de Jonas e de Mauro passaram a lhes ocupar a alma e os dias. Se ambos estavam mais felizes, por outro lado experimentavam um sentimento confuso e penoso. Sentiam ciúme um do outro e tinham certeza de que cada um, sozinho, teria mais chances de chegar em Horacina.

A desconfiança mútua crescia dia a dia. Viam-se menos, falavam pouco, embora continuassem a ir juntos para ver os dramas. Ambos lamentavam, quando sós, a apaixonante intromissão de Horacina em suas vidas. Amavam a mesma mulher e temiam o fim da fraternidade que entre eles havia nascido. Mauro se constrangia ao pensar que disputava a atriz com o melhor amigo. Culpava-se por isso. Jonas, por sua vez, sofria e lamentava viver um amor tardio e sem perspectivas.

Na quarta e última semana do Gran Teatro, os velhos tiveram, ambos, sonhos semelhantes. O sonho de Mauro mostrava o interior de uma sinagoga ou igreja. O piso do templo estava coberto de serragem, de modo que não se viam as lajes do chão. Mauro, junto ao altar, esperava a noiva. Mas Horacina não apareceu. Em seu lugar, veio Clarita. Estava vestida de noiva. Atrás de si, arrastava um véu roxo; na fronte, ostentava uma grinalda de rosas negras. Um misto de espanto e desespero se apossou de Mauro. Foi quando Clarita lhe falou ao ouvido que desistisse de Horacina; que as estrelas nascem para ser estrelas e não se sujeitam ao jugo de um lar; que a atriz o abandonaria uma vez passado o estrépito da boda.

Na mesma noite e talvez na mesma hora, Jonas também sonhou. No sonho, ele trabalhava em meio à serragem. Construía um caixão, quando seu filho mais novo apareceu. O rapaz disse que não tivera como lhe escrever; por isso, lhe surgia assim, meio sonho, meio sombra; se desculpava por não ter mantido contato e se dizia preocupado com o velho; falou na necessidade de Jonas desistir de Horacina; ela não pertencia a ninguém, somente àqueles que a aplaudiam ao cair da cortina; ao amá-la sem ser correspondido, se sentiria mais solitário do que sem ela. Jonas quis abraçar o filho, mas o rapaz se desvaneceu qual bruma ao clarear do dia. Jonas despertou e se viu chorando baixinho. Princesa também acordou. Alongou-se e o encarou na obscuridade. Depois, veio para ele e lhe lambeu o rosto.

Ao final daquele dia, Jonas preparou o mate e cruzou a rua. Os velhos matearam na loja, enquanto Mauro esperava um possível último freguês. Falaram sobre o Gran Teatro, sobre as peças e sobre Horacina. Comentaram como ela "trabalhava" bem, como era sedutora e como cantava magnificamente. Ao longo da conversa, esforçavam-se para esconder, sem muito êxito, a tristeza que se abatera sobre ambos a partir dos sonhos. Ao relatá-los, omitiram o doloroso conselho que tanto Clarita quanto o filho de Jonas haviam dado. Terminada a visita, combinaram assistir a *Vida e morte de um vampiro* e, conforme já haviam acertado, levariam presentes de despedida para sua estrela.

Anoitecia quando Jonas foi apanhar o amigo. Levava um pequeno cofre em madeira de lei para Horacina guardar suas joias. Mauro levava um corte de fina seda chinesa que, pelo alto preço, ninguém pudera comprar.

No teatro, enquanto Mauro distraía o porteiro, Jonas entrou com a cachorra. Foi direto às cadeiras que sempre ocupavam. Princesa aninhou-se a seu lado. Um pouco antes das luzes se apagarem, Mauro veio sentar. Os dois riram por terem, dessa vez, conseguido enganar o rapaz da portaria. Assim, se não dormisse, a cachorra também poderia se distrair.

Ao se iluminar o palco, Nando Granado apareceu vestido com um terno preto, gravata-borboleta e uma longa capa negra. Sobre a lívida maquiagem do rosto, desenhavam-se sobrancelhas mefistofélicas e uma boca escarlate e voraz. Faltavam somente os caninos perversos, o que, afinal de contas, nem era perceptível da plateia. Nando se desculpou pela ausência de Horacina. A artista estava afônica, fora substituída e dava seu adeus dos bastidores. Deixava abraços e beijos para o amável público. Os espectadores, depois de um consternado "oh!", a aplaudiram calorosamente. No entanto, Mauro e Jonas ficaram em silêncio, não bateram palmas e resolveram não dar os presentes. Terminado o espetáculo, tomaram a direção contrária à vila. Acenderam suas lanternas de bolso e lá se foram acompanhados de Princesa.

Na casa de tolerância, a dona os recepcionou quando ainda estavam no pátio. Otília brincou com a cachorra, que não tinha visto ultimamente. Depois, com fingido muxoxo, reclamou da longa ausência dos amigos. Logo, sedutora, se pôs entre ambos e os conduziu para dentro. Providenciou cerveja gelada e em seguida bateu palmas. Duas garotas acorreram e sentaram, fazendo companhia aos recém-chegados enquanto Otília sumia na cozinha.

Depois de outra cerveja, Jonas ofereceu o cofrinho a uma das moças. Mauro deu à outra a seda da China. Com a surpresa, os olhos das meninas rebrilharam alegres. Emocionadas, mal conseguiram balbuciar um agradecimento. Foi então que, pela primeira vez, tanto Jonas quanto Mauro perceberam como eram belas e amorosas as moças de Mãe Otília.

OS CAMINHOS DE CORINA

Em 1968, o país foi impactado pelo Ato Institucional nº 5. Com a nova ordem imposta, o pasmo e o terror se apossaram daqueles que não haviam apoiado o golpe militar nem tinham cedido à cooptação posteriormente. As perseguições, as prisões e a tortura, quando não o assassinato, passaram a ser empregadas contra os adversários do regime. Os órgãos de repressão agiam sem descanso. Os meios de comunicação eram fortemente censurados, e os informantes, espalhados por repartições e universidades, faziam tranquilamente suas delações.

Empolgados, os políticos de modo geral, bem como governadores e prefeitos, se esforçavam para, como se diz, serem mais realistas do que o rei. Queriam, a qualquer custo, agradar ao poder central.

Convicto da legitimidade do golpe, o prefeito de Tabatinga, lá para os lados da fronteira com a Argentina, decidiu fazer uma limpeza, como declarava aos quatro ventos. Decretou que, a partir de certa data, todas as prostitutas e andarilhos deveriam deixar o município.

Os sem-teto simplesmente sumiram. Dentre as mulheres, algumas cruzaram a fronteira e se estabeleceram em Rio Turvo. Outras, menos afoitas, apenas mudaram de município. A velha Corina, porém, ficou na cidade. Tinha casa na periferia e, eventualmente, ia à missa na igreja da Paróquia do Santíssimo Sangue. De início, Corina, ou, como era também conhecida, Rina, ficou alarmada com a notícia do êxodo compulsório. Idosa, sem clientes e tendo por companhia apenas Dudu, seu cãozinho vira-lata, temeu ter que deixar Tabatinga. Mas o Pe. Gonçalo, que a conhecia, telefonou para o prefeito. Conseguiu convencê-lo de modo que o decreto não atingisse as meretrizes com mais de sessenta anos. Conseguido o favor, Pe. Gonçalo foi à casa de Rina e lhe contou a boa-nova. Emocionada, a velha beijou a mão do jovem e guapo religioso. Em seguida, o convidou para experimentar uma cachaça aromatizada com butiá. O padre recusou, mas Rina o convenceu ao lembrá-lo do minuano gelado que soprava nas ruas.

Corina era ainda jovem quando chegou a Tabatinga. Ao abandonar o rendez-vous em que morava e exercia seu ofício, na capital, foi à rodoviária. Levava, na sua pouca bagagem, alguma roupa e bijuterias de estimação. No fundo da bolsa, escondido debaixo de um folhetim, o dinheiro que conseguira juntar.

No terminal, comprou uma passagem para Monte Real pelo ônibus noturno.

O carro estava por sair quando, a seu lado, sentou

um homem gordo de cara indiática. Não demorou muito, e o desconhecido puxou conversa. Contou que era estancieiro e viajava para Jarau, um lugar perdido além de Monte Real.

Apagadas as luzes, a conversação entre os dois esmoreceu. Depois de um tempo, o estancieiro aproveitou o escuro e arriscou algumas intimidades. Corina se deixou beijar e permitiu que o tipo lhe acariciasse as coxas.

Era alta madrugada quando o ônibus passou por Tabatinga e parou, por instantes, na rodoviária. O fazendeiro já estava ferrado no sono. Com o maior cuidado possível para não o despertar, Rina desceu. Pegou a bagagem e sumiu na noite.

No hotelzinho de pernoite em que se hospedou, lavou o rosto e as axilas na pia do quarto. Tirou os sapatos e passou a contar, satisfeita, o dinheiro que encontrou na guaiaca do passageiro de cara indiática.

Ao deitar, pediu desculpas à alma de Selminha. Não pudera seguir até Monte Real. Mas enviaria um telegrama contando aos pais da amiga o triste fato de sua morte.

Dias mais tarde, pagou uma pequena entrada e comprou uma casa velha, quase tapera, num bairro não muito recomendável. Trabalhando sempre sozinha e sem jamais ter, segundo ela, sustentado um gigolô, Corina pôde, aos poucos, reformar a casa.

Em certas noites, quando perdia o sono, ficava a remoer o passado. Graças a Deus, dizia para si mesma, poucas vezes adoecera. E nada fora tão grave que não se curasse com uma eficiente, embora doída, aplicação de antibiótico.

Rina nunca chegou a amar nenhum dos homens que conheceu, por mais assíduo que esse ou aquele tivesse sido. Exceção feita a um adolescente, de quem gostara um pouco. E, admitia, gostara também de Selminha, sua companheira de quarto. A maior alegria das duas mulheres era, na ausência de clientes, ocupar a grande cama e adormecer abraçadas.

Quando a tuberculose se manifestou na companheira, Rina ajudou como pôde no tratamento. Desgraçadamente, ao ser detectado, o mal já estava muito adiantado.

Selminha morreu amparada tão somente pelo carinho da amiga. Dias antes da morte, a doente ainda pediu um favor. Queria que Corina desse a notícia à sua família, e lhe passou um endereço em Monte Real.

Ao voltar do enterro, Rina teve que ouvir o dono do bordel ralhando:

— Sem essa! Não quero mulher de luto na minha casa! Vai e bota uma roupa mais alegre.

Ela obedeceu, foi para o quarto, recusou um cliente e, ao final da tarde, partiu.

Corina sempre se gabara de recusar clientes. A seleção que costumava fazer lhe granjeou a antipatia dos preteridos e a raiva do proprietário da casa. Já os que eram aceitos comentavam a prazerosa experiência que era passar a noite com ela.

Porém, mais tarde e já em Tabatinga, ao surgirem rugas na face e os braços ficarem mais flácidos, as coisas mudaram. Os clientes rareavam, o viço de Corina declinava, e o dinheiro foi ficando mais curto. Entendeu, então, que era preciso preencher o tempo com outras atividades. Começou, pois, a fritar sonhos açucarados e a vendê-los aos bares e cafés. A nova atividade lhe rendia uns trocos a mais para os pequenos luxos de que não conseguia abrir mão. Esmalte para as unhas, batom e a já costumeira tintura negra para o cabelo eram itens indispensáveis para se sentir mais feliz.

Quando lhe vinha a vontade, ia à missa na Paróquia do Santíssimo Sangue. Gostava dos sermões do Pe. Gonçalo. Eram normalmente breves e, por isso, não provocavam sono. Corina sentava um tanto afastada dos outros fiéis e, ao final, sempre deixava algumas moedas para a sopa dos pobres.

À medida que envelhecia, desenvolveu uma religiosidade muito pessoal. Santa Terezinha era sua santa de devoção. À noite, já recolhida, tentava rezar. De fato, não rezava. Apenas falava. Nos monólogos, se dirigia à santa. Ou mandava recados para a mãe, morta há mais de cinquenta anos, maldizia o pai, que nunca chegara a conhecer e encerrava o discurso com palavras de afeto e ternura para Selminha. Como não acreditava muito na eficácia dos solilóquios, pedia sinais à santa. De certa feita, perguntou se deveria viajar a uma praia famosa, mas distante. Queria conhecer o mar. Santa Terezinha nem sempre se manifestava. Mas, na ocasião, a santa deu um conselho por meio dos resmungos de Dudu adormecido. Disse que não viajasse. A viagem era longa e podia ser perigosa. De outra vez, perguntou se a pinta escura que lhe surgira no seio era maligna. Terezinha sorriu e respondeu que não. A pinta logo desapareceria.

    No início da primavera, Pe. Gonçalo apareceu novamente. Trazia um botão da calça que vestia e pediu um favor. Precisava que Rina o fixasse. Somente assim poderia seguir visitando os doentes da paróquia sem temer que a calça caísse. Corina o convidou a sentar e perguntou onde deveria pregar o botão. Gonçalo indicou a cintura. Rina logo entendeu que o botão caído era tão somente um artifício. Mesmo assim, foi ao quarto e voltou com seus óculos de leitura, agulha e linha. Como não podia pedir que o sacerdote se despisse, sugeriu que abrisse as pernas. E, ajoelhando-se entre ambas, passou a coser. Terminado o serviço, espetou a agulha junto ao decote e ergueu o olhar. Tenso em sua cadeira, o sacerdote fechou os olhos e moveu a cabeça fazendo um sinal positivo. Corina o interpretou como assentimento e lhe abriu o zíper.
    Naquela noite, ela rezou a seu jeito. Perguntou se cometera algum erro grave ao se deixar seduzir por Gonçalo. A santa respondeu que não, de modo nenhum. Ela não seria cobrada uma vez que a idade avançada e o muito que já passara na vida a colocavam acima de punições. Quanto ao padre, embora fosse um sacerdote cônscio e profundamente vocacionado, era muito jovem ainda e tinha sangue ardente a lhe borbulhar nas veias. Deus, em sua infinita bondade, o compreendia e nada tinha a lhe

perdoar. Dessa vez, o sinal sagrado se deu por um forte vento que, ao entrar pela janela, fez dançar a cortina.

Faltavam poucos dias para o Natal. Em uma manhã, bem cedo, Rina foi até o campinho baldio onde estacionavam os carroceiros. Escolheu a menor árvore à venda, regateou no preço e, com o pinheiro ao ombro, tomou o rumo de casa. No caminho, um garçom, conhecido seu, a chamou. Perguntou se soubera do ocorrido.

— Que ocorrido?

O homem respondeu contando que três rapazes haviam sido encontrados mortos, de mãos amarradas. Tinham sido executados com tiros na nuca. O prefeito havia explicado, no rádio, que os tipos eram subversivos. E que planejavam assaltar o banco de Tabatinga. Como não ouvira a fala oficial, Rina perguntou:

— Subversivos? Como assim?

O garçom tentou explicar o que era um subversivo, embora ele próprio não tivesse ideia clara do assunto. Ela não entendeu muito bem mas pensou: "Se eu tivesse filhos e os caras me matassem um que fosse, eu ia atrás dos desgraçados; lhes pedia satisfação e daí atirava neles pra matar. Depois, capava todos".

Em casa, ficou pensando nos três subversivos. Qualquer domingo desses, perguntaria a respeito ao Pe. Gonçalo, que era muito ligado nas notícias do rádio. Ele certamente explicaria tudo. Por fim, procurou e conseguiu varrer o assunto da mente. Buscou, no quintal, uma lata e tratou de fixar o pinheiro com pedras, areia e água. Depois, o arrastou até um canto da sala e passou a dependurar os enfeites. Como a delicada ponteira de aljôfar havia se quebrado no Natal anterior, fixou no alto, encimando a árvore, uma estampa de Santa Terezinha.

Na tarde da véspera, Gonçalo apareceu de novo. Elogiou a decoração do pinheiro, comeu um sonho açucarado e insistiu que Rina comparecesse à Missa do Galo.

Depois, ficaram por um tempo sentados na sala. Ela aproveitou o momento e perguntou o que era um subversivo. O padre explicou de maneira simplificada e, ao final, Corina comentou:

— É só isso? Quer dizer que quem não concorda com o governo leva pela cara? Credo!

Depois se fez silêncio. Ficaram assim até que Rina ofereceu um café. Gonçalo recusou, mas agradeceu sorrindo. Ela então o tomou pela mão e o levou para o quarto.

Ao voltar da Missa, Corina sentou em frente à sua árvore e abriu uma cerveja gelada. Durante a segunda garrafa, considerou que se sua vida não fora das melhores, também não havia sido das piores. Cometera, sim, alguns atos ilícitos que, certamente, pela mediação de sua santa, Deus perdoaria.

Já era madrugada quando foi dormir. Estava levemente tonta, o que era bom, já que, assim, dormiria logo.

A manhã nascia quando Dudu saltou da cama e correu à sala. Gania e arranhava a porta que dava para a rua. Corina levantou e foi ver o que havia. Acendeu a luz e ficou atenta por um momento. Pareceu-lhe ouvir o débil miado de um gato. Abriu a porta. No degrau, haviam deixado uma caixa de madeira forrada de panos e jornais. Entre os trapos, um bebê recém-nascido. Ela recolheu a criança e o caixote, depois de se certificar de que ninguém testemunhara seu gesto. Na claridade da sala, pôde ver que sobre a flanela, que servia de cobertor, haviam deixado uma medalha. Rina colocou a caixa junto do pinheiro e buscou os óculos. Pôde, assim, examinar melhor a medalha. De um lado, havia a desgastada imagem de uma santa. No verso, gravado no metal, o pedido: *Olhai por nós*. Corina se sentiu abençoada, sorriu e pegou a criança nos braços. Foi até a porta e, contra seus hábitos, a trancou à chave. Depois, apagou a luz e se recolheu com o bebê.

O BOSQUE ENCANTADO

Nos meses de abril e maio de 1941, um cataclismo de águas se abateu sobre campos e cidades. Era outono e já fazia algum frio, o que tornava tudo mais penoso e difícil. As chuvas caíram por semanas seguidas. Os rios, rompendo seus limites, ultrapassaram as margens. Desciam das terras mais altas, arrastando gado, animais silvestres e pessoas. Inundavam cidades, se deitavam pelas ruas e praças, invadiam casas.

Raimundo, dono de uma leiteria, na cidadezinha de São Leopoldo, passou noites a fio sentado junto à porta que dava para a rua. Envolto num cobertor de lã, vigiava a fresta junto à soleira. Se acaso a água ameaçasse invadir a morada, acordaria a mulher e o filho, e se abrigariam na plataforma da estação ferroviária. Com a entrega de gelo suspensa, a geladeira da leiteria se tornou inútil. Raimundo perdeu seu pequeno estoque de queijos, natas e manteiga. Não chegou a perder leite porque houve escassez do produto e o fornecedor interrompeu a entrega.

Por medo de novas enchentes no futuro, Raimundo

decidiu mudar de cidade. Escolheu o vilarejo de Colinas, na subida da serra. Já estivera por lá e tinha gostado do que viu. As chuvas na região eram regulares, a terra era gorda, e não havia rios ameaçadores. A grama e o capim de seus campos ofereciam pastagem farta e rica. Por isso, a qualidade do leite em Colinas era muito boa. Quando as águas baixassem, a família partiria.

Raimundo comunicou o plano à mulher. Matilda achou boa a ideia e concordou com o marido. Logo mais, contariam a novidade ao filho.

Bruno achou ruim a decisão, mas nada comentou. O pai não gostava de opiniões discordantes.

Antes de adormecer naquela noite, Bruno pensou nas perdas que teria com a mudança. Não mais veria seu melhor amigo, deixaria de encontrar a menina de quem começava a gostar e perderia seu acesso aos livros da biblioteca escolar. E se perguntou se a escola, em Colinas, teria livros para emprestar. Bruno gostava de ler. Tinha especial interesse pelas aulas de ciências naturais e, nas lições de religião, preferia os episódios do Velho Testamento. Dentre esses, aqueles que narravam a criação do mundo e a expulsão do Paraíso.

Aos domingos, ia sempre à matinê. Gostava dos filmes de mistério e dos trepidantes seriados.

Infelizmente, pelo que Raimundo contara, não havia cinema em Colinas.

Bruno não tinha preferência por esse ou aquele esporte e, diferente da maioria dos colegas, não jogava futebol. Com sardas a lhe salpicar o rosto e os braços, evitava ficar exposto ao sol por muito tempo. Alguém lhe dissera que a luz poderia acentuar as pintas e fazer surgir outras mais. Ao saber da preocupação do afilhado, a madrinha o aconselhou a mergulhar um ou dois botões de madrepérola em sumo de limão. Os botões se dissolveriam, e o líquido resultante era o melhor remédio contra sardas. Mas o rapazinho não seguiu o conselho. Achava que usar loções era coisa de mulher.

Em Colinas, a família se hospedou no único hotel do lugar. O pequeno e nada confortável Hotel Bokius sempre tinha vaga a maioria de seus quartos. Na mesma semana, o pai alugou uma casa fora do perímetro urbano, à beira da estrada que conduzia ao topo da serra. Também alugou, por preço baixo, uma casa que ficara desabitada havia muito. Nela, instalaria seu comércio de leite.

A casa de madeira caiada, que a família passou a ocupar, ficava próxima de um bosque de velhas árvores nativas. A mata, designada pelo pai como Uhrwald, era cerrada e tinha apenas uma trilha que, mal iniciada, logo se perdia por entre touceiras espinhosas e altas moitas de gengibre.

Como Bruno imaginara, a escola ao lado da igreja luterana apenas o aceitaria no segundo semestre. Enquanto isso, podia frequentar as aulas de alemão em duas tardes por semana. A escola oferecia tais aulas por insistência de algumas famílias que buscavam preservar, nos filhos, a tradição do idioma. Bruno não tinha bom conhecimento da língua alemã, embora, em casa, se expressassem na sua forma popular. O Hochdeutsch era reservado para as ocasiões solenes ou para quando o interlocutor fosse pessoa ilustre.

Matilda reclamou do fato de Bruno ficar fora da escola até agosto. Já Raimundo não se importou. Enquanto o filho estivesse livre pelas manhãs, poderia ajudá-lo no serviço. A opinião de Bruno sobre a interrupção da vida escolar não foi pedida. O que, para ele, foi melhor. Bruno não era dado à mentira e teria respondido estar muito contente pelas férias prolongadas. Queria explorar o bosque que oferecia, qual convite à aventura, o trinar diário de seus ferreirinhos e pintassilgos. Já nas madrugadas, o pio das grandes corujas-brancas assombrava a escuridão.

Aos poucos, a rotina da família se reorganizou. Pela manhã, Bruno acompanhava o pai ao entreposto e fazia pequenos serviços, tais como receber o leite e anotar o volume da compra. As tardes em que não havia aulas de alemão eram livres. Bruno tinha, então, todo tempo para se embrenhar na mata. Ao começo da tarde, com um canivete à cintura, tomava a trilha. Ao longo do caminho, se fartava de morangos silvestres e framboesas. Também colhia bananas-do-mato, se as encontrasse já maduras. Era um pedido da mãe que, com a fruta, preparava um poderoso xarope contra todos os tipos de tosse.

Havia tardes em que Bruno passava horas a observar o nervoso movimento das formigas pretas. Se admirava com a força de suas minúsculas mandíbulas ao transportarem grandes retalhos de folhas. Se, do ponto de vista de Bruno, a carga fosse excessiva, ajudava as pequenas operárias. Pegava a folha com a ponta dos dedos e, criando um atalho aéreo, deixava a formiga às portas do formigueiro.

Na clareira circular, escolhida como refúgio secreto, Bruno deitava junto a um aglomerado rochoso. A construção, em pedras de basalto mais ou menos retangulares, lembrava um altar arcaico. Numa fenda, entre duas pedras, ficava a entrada de uma colmeia de abelhas-mirins. Bruno passava um bom tempo de sua aventura vendo o vaivém das mirins. Às vezes, as abelhinhas chegavam a pousar em seu rosto.

Ao final do dia, à luz enganadora do ocaso, Bruno se inquietava. As sombras já espessas na mata e um súbito farfalhar na folhagem precipitavam suas fantasias. Acreditava ouvir vozes a chamá-lo pelo nome. O mais apavorante, no entanto, era ouvir, sem saber de onde partiam, as machadadas de um lenhador fantasma. O medo o fazia apurar o passo, e só voltava a se tranquilizar ao sair do bosque.

Certo dia, Bruno se atrasou para a costumeira expedição. Não deixou, porém, de entrar no seu reino. Na clareira, sentou junto ao amontoado de basalto para provar os araçás tardios que colhera pelo caminho. Foi interrompido quando um rumor vindo de arbustos próximos o fez levantar de um salto e abrir o canivete. Ouvira uma voz feminina a sussurrar seu nome. Voltou-se. Uma adolescente surgiu por entre as árvores. Vinha descalça e usava um vestido leve e diáfano. Sob a transparência do tecido, estava nua. Seus cabelos vermelhos lhe desciam até a cintura. Disse chamar-se Maria do Sol e lhe pediu que guardasse o canivete. O bosque era um território de paz e prazer, onde as armas não eram necessárias.

Desde sempre, Maria do Sol fora habitante da mata, juntamente com suas irmãs. Então, a um sinal seu, logo surgiram duas outras jovens. Usavam vestidos iguais ao de Maria do Sol e que também expunham a nudez do corpo. Chamavam-se Maria da Lua, com cabelos de um raro loiro-prateado, e Maria da Terra, de cabelos negros, em caracóis. Conforme contaram, as três moravam na copa de um angico alto e centenário. Estavam felizes por terem encontrado alguém para conversar. Algum dia, haveriam de levá-lo a conhecer sua casa.

À mesa, naquela noite, Bruno pensou em relatar seu encontro, mas se calou. O pai certamente não acreditaria na história, e a mãe faria perguntas para somente saciar a curiosidade ciumenta.

Os encontros de Bruno com as habitantes do bosque continuaram nas semanas seguintes. Em uma das ocasiões, Maria da Lua observou, sorrindo, que nunca tinha visto uma face com tantas pintas cor de ferrugem. As outras duas irmãs concordaram, e Maria da Terra completou o comentário dizendo que era como se o rosto de Bruno fosse um pequeno prado florido. Bruno achou estranha a comparação, mas entendeu que era elogiosa. As três meninas riram, e Maria do Sol anunciou que gostaria de contar uma história. Explicou que o fato a ser narrado era verdadeiro. Tudo acontecera havia milhões e milhões de anos:

— No tempo em que Deus não existia, o mundo era apenas um ilimitado vazio. Nele imperava, com grande pompa, uma bela criatura de nome Hnada. O ser era mulher e homem ao mesmo tempo. Seu fulgurante cabelo reunia todas as cores que, à época, existiam e lhe caía, em ondas, até os calcanhares. Quando fazia frio, Hnada se agasalhava com a própria cabeleira e adormecia por anos ou, pelo menos, até a friagem ceder. Um dia, ao despertar de um de seus sonos, Hnada olhou para o vazio e se sentiu mais solitária do que jamais se sentira. Para sofrer menos, decidiu povoá-lo. Mal sabia Hnada que, ao povoar o espaço, estava preparando sua própria morte. Querendo, pois, companhia, engravidou-se a si mesma e, com o ventre a crescer, voltou a dormir por milhares de anos. Quando acordou, começou a dar à luz. Estrelas, planetas, asteroides, cometas, astros cadentes e poeira estelar passaram a ocupar todo o universo. Os partos haviam durado por séculos e séculos. Finalmente, nasceu um menino forte e bonito. Hnada lhe deu o nome de Deus. Em seguida, o arremessou ao infinito para que aprendesse a viver sozinho. Deus cresceu e, uma vez adulto, passou a sofrer com sua incômoda virgindade.

Aqui Bruno interrompeu a narração. Queria saber por que Deus não tinha uma bela mulher a seu lado, já que era Deus e tudo lhe era possível. Maria do Sol explicou que Deus vivera desde sempre sozinho por se saber de difícil convivência. Com a idade, Deus se tornaria ainda mais neurastênico, o que muito lhe dificultaria uma vida a dois.

Nesse ponto, Maria do Sol deu por encerrado o episódio. Beijou o rapaz na face e tirou um anel de ouro, que trazia pendurado entre os seios. Depositou a joia nas mãos de Bruno e recomendou que sempre a trouxesse consigo. Assim fazendo, teria boa sorte ao longo da vida. Depois, como o dia estava por terminar, os quatro se despediram. Ele tomou a trilha de sempre, e as irmãs se desvaneceram por entre as árvores.

O cotidiano de Bruno seguiu se dividindo entre o trabalho no entreposto e o estudo de alemão. Sua mente, porém, estava no bosque; seu coração, com as Marias.

Quando voltou à clareira, as jovens já o esperavam. As três o beijaram. Dessa vez, Bruno encabulou e ficou de rosto vermelho. Maria da Lua percebeu seu embaraço e o socorreu. Anunciou que continuaria a história iniciada pela irmã:

— Certo dia, Hnada se vestiu com mais luxo do que o de costume, subiu à carruagem de sândalo e partiu. Rumou na direção do sol para adverti-lo de que deixasse de ser preguiçoso. Já era tempo de romper as brumas que, ultimamente, impediam a passagem da luz. Ao retornar, encontrou Deus ainda mais bonito do que já havia sido, embora continuasse nu. Hnada fez parar os cavalos e lhe jogou sua capa para que cobrisse as vergonhas. Aproveitou o momento e convidou o jovem Deus para um jantar dali a algum tempo. No ano combinado, Deus montou em seu cavalo de pedra e bateu à porta do palácio da mulher-homem. Foi recebido com extrema fidalguia e, depois de uma agradável conversação, os dois passaram para a sala de jantar. Deus ficou deslumbrado com o requinte e o bom gosto do recinto. As paredes eram cobertas de mármore negro; as baixelas, pratos e talheres eram parte de uma cutelaria preciosa, em que o metal empregado fora o ouro; os copos e cálices eram feitos do mais sonoro cristal, e os guardanapos, confeccionados em pura cambraia etérea. Depois da sobremesa, Deus se despediu e cavalgou para casa. Já em sua alcova e estando a salvo de olhares bisbilhoteiros, Deus se lamentou. Foi ao estábulo, acordou o cavalo e desfiou um rosário de queixas. Falou sobre a riqueza e o fausto de Hnada comparando-os à sua pobreza franciscana. Referiu também seu sentimento de humilhação durante a visita. E, não mais podendo se conter, chorou. O cavalo, penalizado, relinchou antes de perguntar o que seu dono pretendia fazer ante tamanha ofensa. Como resposta, soube que Deus ainda não decidira, mas tinha cogitado, durante a ceia, de matar o anfitrião. O cavalo franziu a testa e observou que havia outras maneiras de se vingar que não envolvessem assassinato. Seria melhor superar, de algum modo, o requinte do homem-mulher. Como Deus teria que retribuir a ceia, por que não abusar da fidalguia e, desse modo, humilhar Hnada? Deus aceitou a sugestão e, tempos depois, ofereceu um jantar para Hnada. Deus, porém, sendo pobre, não tinha como superar o luxo do homem-mulher. Conseguiu, no entanto, ultrapassá-lo em finesse, sabor e beleza. Já era madrugada quando convidou Hnada para um último gole de despedida. Ela aceitou, e ambos tomaram um vinho encorpado e raro. Bêbada e sem mais condições de reagir, Hnada sucumbiu ao desejo do anfitrião. E, após a orgia divina, foi estrangulada. Deus livrou-se do corpo levando os restos mortais para serem cremados num planeta inóspito.

Findo o relato, Maria da Lua deu um anel de prata para o amigo. Aconselhou que sempre o conservasse debaixo do travesseiro. Assim, teria bons sonhos e afastaria os súcubos. Mais uma vez, Bruno ficou curioso. Agora, por causa de uma palavra que lhe era desconhecida. Maria da Lua satisfez sua curiosidade. Aproveitou e também lhe deu o significado de íncubo. Terminou as explicações dando um beijo na boca de Bruno. Suas irmãs, mordidas por ciúme, a imitaram. O rapazinho ficou paralisado de constrangimento. Por instantes, se fez silêncio. Então, Maria da Terra interveio, comunicando que o final da história seria contado por ela, e que ninguém faltasse ao próximo encontro, muito menos Bruno.

Como a noite se adensava dentro da mata, Maria da Lua se afastou alguns passos e emitiu assobios altos e agudos. Do escuro logo brotou um fosforescente rio de pirilampos. Enquanto os vagalumes voavam em lentos círculos por sobre os jovens, Maria da Lua ordenou que iluminassem a trilha. Assim, seu amigo poderia, sem percalços, voltar para casa.

Mais um encontro terminara. Bruno seguiu os pirilampos enquanto as irmãs sumiam na treva.

Bruno estava curioso para saber como seria o final da história. Chegava a suspeitar que a narrativa nunca teria fim, embora Hnada já tivesse desaparecido da história. Se Deus era de fato eterno e o Universo, infinito, uma história com tal herói em tal cenário era certamente infindável.

Quando voltaram a se ver, os quatro sentaram em círculo. Maria da Terra deu logo início ao episódio final:

— Quando Deus se deu conta do quanto estava sozinho, entendeu que cometera um erro ao matar Hnada. Mas já era tarde. Dentre os mais fabulosos milagres que conhecia, nenhum a traria de volta à vida. Passaram-se séculos com Deus a sentir grande aflição no peito. Então, chorou novamente. Suas lágrimas eram sem sal e rolavam em torrentes contínuas. O pranto divino caiu sobre a Terra e inundou tudo. O planeta, tendo sido até aí uma grande brasa estéril, se tornou azul onde as lágrimas se acumularam e verde nas planícies e montanhas. O lamento de Deus se prolongou por milhares de anos, até que Ele decidiu baixar à Terra para se distrair. Aqui, se maravilhou com os rios, os mares e os peixes; com os campos e seus frutos, com as selvas e as feras. Encantado com a Natureza, esqueceu de chorar e criou o homem e a mulher. Com o absorvente trabalho a que Se entregou, Deus conseguiu remediar, por uns tempos, a aflição de que padecia. Terminado o serviço, retornou contente para o palácio que, em outras eras, pertencera ao homem-mulher. Fatigado, deitou-se para repousar. Seu sono até hoje perdura e talvez dure ainda mais alguns milênios. Às vezes, Deus tem pesadelos em que Hnada retorna da morte para puni-Lo. Ele acorda a gritar, tomado de pânico. É nesse momento que furacões e terremotos assolam o planeta. Depois, ao se dar conta de que a ameaça fora apenas um sonho mau, volta a dormir. Com Deus ausente, só nos resta, a nós que somos deuses menores, aproveitar a vida. Enquanto nos é possível gozá-la.

Nesse ponto, Bruno se deu conta de que as outras duas irmãs já tinham se retirado. Na clareira, só estavam ele e Maria da Terra. Levado por um desejo intenso, Bruno abraçou a companheira e, enquanto a beijava, soube que abandonava para sempre seus tempos de criança.

Ao final da tarde, se despediram. Como as irmãs, ela deu a Bruno uma lembrança. Era um anel feito de âmbar. Com um resto de luz a penetrar no bosque, ele percebeu uma pequena abelha dentro da pedra. Maria arriscou que, talvez, o inseto estivesse em busca de néctar quando foi coberto pela resina. A petrificação fizera o resto. Ainda recomendou que nunca esquecesse de trazer consigo a joia. O âmbar era garantia de amor e mesa farta ao longo de toda vida.

No seu quarto, Bruno rememorava os recentes acontecimentos. O dia fora o mais pleno e belo que já vivera. Reconheceu o quanto havia sido feliz ao conhecer as três irmãs. Estava por adormecer quando teve a atenção despertada. Era a voz do pai, na cozinha. Apurou o ouvido e soube da preocupação do velho. O pai referia o fato de que brevemente o rapaz estaria saindo da adolescência. Seria o problemático momento de lidar com os fatos da vida. E, por não haver mulheres fáceis em Colinas, Bruno talvez permanecesse virgem até achar uma noiva.

No escuro, Bruno sorriu e levou a mão aos lábios. Queria beijar o anel de âmbar, mas não o achou. Acendeu a vela sobre o criado-mudo e o procurou entre os lençóis. Olhou sob o travesseiro. Nada encontrou. Os outros dois anéis também tinham desaparecido. Intrigado, procurou se tranquilizar. Na manhã seguinte, ao voltar do entreposto, reviraria o quarto.

Estava certo de que acharia os anéis. Finalmente, um pouco mais calmo, soprou a vela, se virou de lado e procurou dormir.

AS FILHAS DE TEOBALDO

*Para Bia Jorge,
tão longe, tão perto*

Quando lhe morreu a mulher, dias depois do sétimo parto, Teobaldo ficou de luto por um ano. Passado o período, pensou em casar novamente. Não muito longe de sua propriedade, morava uma moça, filha de um colono lindeiro. Era só, estava envelhecendo e, para ela, seria bom um casamento, embora tardio. Teobaldo pensou e repensou. Acabou por desistir. Tinha sete filhas, e uma nova mulher em casa poderia ser motivo de desacertos e surdos rancores. Decidiu permanecer viúvo. As meninas, suas filhas, davam conta satisfatória das tarefas caseiras. Sibila, a mais velha, era muito religiosa e gerenciava corretamente a economia doméstica. Distribuía com acerto o serviço e ajudava a educar e manter curtas as rédeas de Alma, uma adolescente alegre e arteira. Alma fora a última a nascer e tinha ideias ousadas. Quando veio ao mundo, Frau Lamp, a parteira, alertou o pai sobre o possível futuro da criança. Frau Lamp era também curandeira. Famosa na região, sabia tratar alguns males como erisipelas, coqueluche e mau-olhado. Na maioria das vezes, o paciente sarava. Também podia adivinhar, se os pais quisessem, o futuro do recém-nascido.

Ao banhar a pequena Alma, Frau Lamp observou um sinal azulado um pouco abaixo do mamilo esquerdo da criança. O sinal, em forma de estrela de cinco pontas invertida, anunciava um porvir sombrio. Para evitar que, quando adolescente, Alma enveredasse pela bruxaria, a receita era simples. O perigo seria evitado se a menina fosse batizada pela irmã mais velha. Assim foi feito, e Sibila se tornou madrinha de Alma.

A garota, desde a primeira infância, se mostrou diferente das demais irmãs. Não porque fosse bonita, mas porque era esperta e dona de uma teimosia que seguidamente a levava a brigar com as outras e até mesmo com a madrinha. Mais tarde, as diferenças entre Alma e Sibila somente se acentuariam.

Aos domingos, dia em que a ordenha das vacas cabia às filhas mais velhas, Teobaldo ficava na cama por alguns minutos a mais. Alma então saltava de sua caminha (dormia no mesmo aposento em que Sibila) e se esgueirava até o quarto do pai. Uma vez ao lado dele, ficava acarinhando seu rosto. Depois, abraçada a seu peito, adormecia. De início, Teobaldo a repreendia. Depois, passou a fingir estar profundamente adormecido.

Sibila ralhava com a criança, talvez por considerar indecente seu comportamento ou porque nenhuma das outras tivera o mesmo costume ou privilégio. Com o tempo, Teobaldo passou a esperar, com alguma impaciência, as madrugadas de domingo. Embora lhe custasse esforço se manter inerte com Alma a seu lado, se sentia feliz com a presença da criança.

Mais tarde, quando o pai adoeceu de um mal que o prenderia ao leito na maior parte do tempo, Alma tomou a si a tarefa de cuidar do doente.

De charrete, fazia o caminho até o vilarejo. Lá, visitava a velha Frau Lamp e aprendia a respeito de ervas que poderiam ajudar no tratamento de Teobaldo. Às vezes, a curandeira e sua pupila se embrenhavam nos bosques próximos em busca de folhas e cipós. Ao final de alguns meses, Alma já sabia quais plantas provocavam a morte sem deixar vestígios e quais as que eram úteis à saúde. Numa alquimia caseira, Alma juntava a flor do tabaco silvestre a outras ervas sedativas. Conseguia assim um chá que minorava as dores do pai.

Embora aliviado dos surtos de dor, o estado geral do doente piorava. Por isso, as irmãs passaram a trazer Frau Lamp para uma série de benzeduras. Nos dias assinalados, Alma banhava o pai a fim de que, segundo a curandeira, a benzedura surtisse melhor efeito. O rito acontecia ao crepúsculo, quando surgia a primeira estrela. Com a ajuda de Sibila e de mais outra irmã, levavam o homem para o pátio e o posicionavam voltado para o oeste. Frau Lamp, de olhos cerrados e ramos de arruda e alecrim na mão, invocava:

— Pelas cinco chagas de Cristo, por Santa Ifigênia, por Santa Isabel da Hungria e pelas hostes de anjos caídos — nesse ponto tinha início a magia. Atenta, Alma logo aprendeu de cor a invocação.

Uma vez bento, Teobaldo se sentia melhor e com suas próprias pernas voltava para o quarto. Em dias de chuva ou se o tempo estivesse nublado, o rito era transferido.

Os últimos meses de vida de Teobaldo foram tranquilos e sem outras complicações. E, ao pressentir que morreria em breve, chamou Sibila e mandou que Alma os deixasse. A sós, pediu que Sibila vigiasse sempre as irmãs mais jovens — em especial, Alma —, que fosse severa quanto aos namoros da mocinha. Insistiu, também, que um possível futuro noivo fosse homem de fibra, honesto e cumpridor de seus deveres. Acima de tudo, que tivesse bom sangue, o que poderia ser descoberto pelo corado do rosto. Por fim, revelou preferir que Alma nunca se casasse. Convicta de que fora o dedo de Deus que a apontara para a missão, Sibila prometeu cumprir com o pedido.

Depois da morte de Teobaldo, Sibila se mudou para o quarto que o velho desde sempre ocupara. De quando em quando, se vestia com as roupas do morto, como que alertando o grupo de que se sentia o homem da casa. Se antes organizava as tarefas e as distribuía, agora exercia um comando inflexível e, muitas vezes, despótico.

Nas festas em honra do padroeiro do lugar, as irmãs compareciam à missa e, à noite, ao baile na sociedade de canto. Sibila, qual cão de guarda, acompanhava as irmãs. Porém, dançava pouco, já que raramente aceitava um convite para tanto. Preferia passar a noite sentada com as senhoras mães de família. Sentia prazer em vigiar o comportamento do grupo e ralhava, no caminho de volta, se tivesse percebido que uma ou outra dançara muito junto ao parceiro.

A vigília constante de Sibila, sua intransigência ante os pequenos deslizes nas tarefas da casa e seus ataques de fúria quando alguma de suas ordens não era cumprida fizeram surgir nas irmãs um mal contido rancor.

Talvez os dois peões que cuidavam da lavoura fossem os únicos que não tinham motivo de queixa. Como não passavam da cozinha da casa quando vinham tomar o café da manhã ou comer à noite, tinham pouco contato com Sibila. Além disso, evitavam falar com ela. Aquela mulher, que, às vezes, se vestia de homem, provocava um vago receio nos dois rapazes. Preferiam tratar os assuntos da lavoura com qualquer outra irmã.

Num domingo à tarde, lideradas pela caçula, as moças decidiram fazer Sibila ouvir suas denúncias e reclamações. Surpreenderam-na durante a sesta, a amordaçaram e a manietaram pelos pulsos e tornozelos. Levaram-na até a sala de visitas e, fazendo-a sentar, instituíram um tribunal doméstico. Sibila foi obrigada a ouvir as mais duras acusações. Ao final, lhe tiraram a mordaça para que se defendesse. Quando se viu com a boca novamente livre, Sibila passou a insultar a afilhada. Vociferava e, com voz rouca, incitava as outras a não obedecê-la. Sob as ordens de Alma, a amordaçaram outra vez e a arrastaram de volta ao quarto. Alguém sugeriu que se queimassem as roupas do pai. Alma se opôs com veemência, mas acabou cedendo ante os argumentos das outras. Com a roupa transformada em cinza, Sibila não mais teria como, qual fantasma, fazer da casa um inferno familiar. Ao cair da tarde, com Sibila abafando o choro no quarto, as irmãs cruzaram o campo. Levavam um cesto com camisas e calças, meias, um chapéu e um par de chinelos de lã que Sibila tricotara. Jogaram tudo ao fogo e, para garantir uma boa queima, juntaram pinhas e galhos secos. Com risos e gritos de euforia, as irmãs se deram as mãos e dançaram em torno das chamas. Só voltaram para casa depois que a noite desceu.

Serenada a tempestade provocada pelo julgamento, Sibila recolheu suas economias, botou alguma roupa na maleta e juntou uma foto do pai quando jovem, ao tempo de seu serviço militar. Era madrugada ainda quando tomou a charrete e, acompanhada da irmã menos hostil, rumou para a estação. Comprou uma passagem, se despediu e embarcou no trem da manhã.

Ao descer em seu destino, pediu informações para chegar ao mosteiro carmelita. Na entrevista com a superiora, pediu admissão no noviciado.

Até os votos finais, Sibila trabalhou na lavanderia do convento e dedicava o restante do tempo à reza e à contemplação. Ao abandonar o mundo, foi como que tragada pela penumbra do claustro. Sua família não mais a viu nem dela teve notícias.

Sem a presença de Sibila, aconteceram mudanças na casa e no coração das irmãs. Surgiram pretendentes, e Alma foi a primeira a casar. Casou com Germano, seu colega na escola primária. O rapaz sempre a requisitava nos bailes e desde adolescente lhe demonstrara interesse. Germano era um agricultor grande e forte. Nos fins de semana, recolhia, na estação de trens, o seu exemplar do jornal editado na capital. Aproveitava as tardes de domingo para ler na varanda. Tinha especial interesse pelo caderno que tratava de temas ligados ao cultivo da terra.

Alma e Germano tiveram sete filhos homens. Os partos foram todos realizados por Frau Lamp, já idosa, mas ágil e lúcida ao trazer crianças ao mundo. Por escolha de Alma, o último filho recebeu o nome de Sétimo.

Ao banhar o bebê, Frau Lamp chamou o pai de lado e, na criança nua, apontou para sua coxa direita. Na pele rosada, se via um pentagrama invertido, igual ao que Alma possuía. Sem revelar que ela própria tinha uma estrela em um dos seios, a parteira aconselhou que o filho mais velho batizasse Sétimo. Somente assim se poderia evitar que o recém-nascido, quando adulto, virasse lobisomem nas noites de lua cheia.

A FUGITIVA

Martina Bauer morou na zona sul de Porto Alegre, mais exatamente na Vila Assunção. Sua vinda se deveu, por um lado, ao temor diante da iminente invasão de Berlim pelas tropas russas; por outro, pelo medo ante a possibilidade de ser presa pela polícia nazista. Fora, desde sempre, simpatizante do PCA. Porém, nunca chegara a se filiar ao partido.

Num certo fim de tarde, Martina se achava nos estúdios da Universal Film Atelier. Alguém lhe confidenciara que os estúdios haviam recebido ordens para cancelar a filmagem de *Hedda Gabler*. A fita tinha o roteiro baseado na peça teatral homônima de Ibsen e seguia de perto o enredo da peça.

Na UFA, Martina tentou saber a verdade sobre o boato. Mas nada conseguiu descobrir. No restaurante dos estúdios, pouco antes de voltar para casa, ouviu o noticioso das seis. Soube então que o cerco a Berlim, pelo exército soviético, poderia acontecer a qualquer momento. Naquele instante, Martina decidiu fazer as malas e abandonar a cidade amada.

À noite, já em casa, trocou o loiro de seu cabelo por um tom escuro, quase negro. Poucos dias depois, partiu. Com o apoio e colaboração de um amigo militante do Partido, conseguiu um salvo-conduto e um passaporte falsos, em que se lia Martha Berger, de nacionalidade suíça. Esgueirando-se por entre escombros e trincheiras cavadas por anciãos e crianças, Martina chegou à estação onde embarcaria num dos raros trens ainda em funcionamento. Do sul, poderia, com alguma sorte, tomar o rumo de Portugal. Na viagem até seu ponto final, na fronteira com a França, o comboio foi interceptado por duas vezes pela polícia nazista. Da primeira vez, um oficial lhe pediu os documentos e, depois de lhes passar os olhos, os devolveu com uma continência. Mais tarde, os passageiros foram novamente importunados. Dessa vez, o militar, ao ver o casaco de raposa prateada, talvez tenha concluído que Martha Berger, além de bela, deveria ser muito rica. E, como tal, certamente comungava dos ideais hitleristas. Devolveu, pois, os documentos sem os examinar.

Semanas depois, já em Lisboa, telegrafou para seu admirador brasileiro. Avisava que chegaria em breve ao porto do Rio de Janeiro. Manteria contato e avisaria a data precisa.

Ao emigrar de uma Alemanha destroçada, Martina deixava para trás uma promissora carreira de atriz e cantora. Na UFA, fora disputada por muitos diretores.

Começara sua carreira por acaso, quando os estúdios realizavam o filme *O cabaré de nossas vidas*. Para protagonizar a fita, os estúdios, por insistência do diretor, mandaram buscar a já decadente Clara Bow em Hollywood. Certa manhã, Clara não compareceu ao set de filmagem. Estava resfriada e esperava poder voltar ao trabalho no dia seguinte. Com a notícia, o diretor teve um raivoso ataque de nervos. Vociferou ao difamar a estrela americana por cerca de cinco minutos. Mas ninguém deu importância ao escândalo. Sabiam que, quando Clara voltasse, o homem se ajoelharia a seus pés e lhe beijaria a mão. O cineasta era simplesmente apaixonado por Miss Bow.

Serenada a ira, o homem olhou em volta e descobriu uma bela e, para ele, desconhecida jovem.

Martina viera à UFA em busca de trabalho. Suas credenciais eram um currículo universitário impecável e uma carta de apresentação do diretor do curso. Ela havia se formado, pouco antes, no Liceu de Arte Dramática e tinha, além disso, uma sólida formação musical. Já gravara um acetato com duas canções de um compositor então em voga. O disco fora bastante bem recebido pela crítica e pelo público. A atriz-cantora agora pretendia fazer cinema.

Nos ensaios de luz marcados para aquela manhã, Martina tomou o lugar de Clara. O diretor logo se deu conta de que encontrara alguém que tinha tudo para vir a ser uma estrela. Se ainda lhe faltava alguma experiência diante das câmeras, seu rosto, sob as luzes e sombras do cenário, rivalizava com o de Louise Brooks.

Na pausa para o café, sentou ao balcão junto de Martina. Falaram sobre o filme em produção e as diferenças de interpretação para o palco e para o cinema. Ao final do intervalo, o diretor estava convicto de que tinha que dar uma chance para a jovem. Sem surpreender ninguém, o cineasta modificou o roteiro e inseriu três cenas extras para Martina aparecer n'*O cabaré de nossas vidas*.

O filme fez sucesso já na estreia. O semanário Die Woche e o diário Der Stern saudaram Martina como a revelação do ano. A seguir, a atriz fez onze filmes. Entre esses, duas operetas filmadas. Já seu trabalho nos palcos profissionais iniciou-se com A *rosinha espinhosa*, de Andreas Gryphius.

Sua interpretação naquela comédia barroca lhe rendeu o prêmio de melhor atriz e, ainda, buquês de tulipas vermelhas entregues em seu camarim durante três semanas seguidas. O admirador era um brasileiro, o advogado Dr. Olavo Gutierres que, naquele inverno, gozava férias na Europa. Contrariando seus planos, Olavo alongou a permanência em Berlim. Ocupava sempre a mesma poltrona, na primeira fila. Certa noite, foi aos bastidores. Bateu à porta do camarim e, no seu alemão arrevesado, disse:

— Ich liebe dich, Madame.

Martina sorriu e gentilmente o despachou. No momento, não estava interessada em amor e não deixaria sua querida Berlim por nada no mundo. Mas ficou com o cartão que o brasileiro lhe passou.

Em pouco tempo, Martina Bauer já tinha Berlim a seus pés e se preparava para interpretar a personagem central em *Hedda Gabler*, quando a produção foi súbita e inexplicavelmente suspensa. Sem dar ouvidos ao disse me disse que rolou nos meios artísticos, Martina retirou-se para sua chácara, nos arredores da cidade. Lá, ficou à espera de ser chamada pelo estúdio. Mas tal não ocorreu, embora o salário seguisse sendo depositado mensalmente em sua conta. Anos mais tarde, soube o que provocara a suspensão de *Hedda Gabler*. Zara Sommer, que sempre fora a queridinha dos estúdios, decidira agir. Amiga de alguns oficiais da SS, lhes segredou que a rival tinha ligações com o Partido Comunista, à época na clandestinidade. Zara insinuou que pedissem a interferência da primeira-dama alemã. Poucas semanas depois, a secretária de Eva Braun ligou para os estúdios. No breve telefonema, a mulher informava que Eva sugeria a reabilitação de Zara e o congelamento, pelo menos temporário, de Martina. A interferência da amante de Hitler precipitou o ocaso de Martina.

Ao preparar sua fuga, a atriz juntou algumas economias em moeda estrangeira, uns poucos retratos de família, recortes de jornal e seu casaco de pele.

A viagem para o Brasil se deu sem maiores percalços e, quando o navio aportou no Rio, Martina, no convés, acenou com sua echarpe. Olavo a aguardava no cais.

Martina e Olavo passaram sete dias num confortável hotel em Copacabana. No primeiro café da manhã que tomaram juntos, Olavo deu a Martina um broche de esmeraldas. Ante sua encantada surpresa, Olavo disse que escolhera esmeraldas pois combinavam com o verde dos olhos de sua amada. Martina sorriu ante o precipitado galanteio e esclareceu que seus olhos eram azul-acinzentados. Em seguida, levantou-se e beijou o companheiro. Olavo não se deu por achado e prosseguiu.

Mais uma vez, declarou seu amor.

Propôs também que Martina fixasse residência em Porto Alegre. Alugaria para ela uma casa na zona sul, junto ao rio.

Os dias que passaram juntos no Rio de Janeiro foram, para ambos, os mais felizes de suas vidas. Durante o dia, ele mostrava a cidade para Martina e, à noite, iam ao teatro ou jantavam em bons restaurantes.

Já estavam no navio que os traria para o sul, quando Olavo finalmente confessou sua verdade. Sem notícias da amada por tanto tempo, apesar das cartas que lhe enviara, Olavo se casara. Não tinha filhos e a mulher não pretendia tê-los. A revelação deixou Martina confusa. Não sabia como agir. Estava numa terra estranha, não conhecia o idioma, e o homem em quem havia depositado alguma esperança a tinha traído. Olavo tentou remediar o mal-estar que se criou. Prometeu desquitar-se em breve, depois casariam no Uruguai. Ele apenas pedia um pouco de compreensão e paciência.

Em Porto Alegre, Olavo deixou Martina no hotel enquanto lhe alugava uma casa na Vila Assunção. Ao mesmo tempo que mobiliava a casa, foi à escola de belas-artes em busca de um professor de canto. E, para si mesmo, jurou que logo Martina estaria cantando no Theatro São Pedro.

Finalmente, lhe trouxe uma empregada que dormiria no emprego e poderia servir como governanta da casa.

Duas vezes por semana, Martina, sempre acompanhada de sua governanta, vinha ao centro da cidade para as aulas de canto. O velho professor alemão, também fugido do regime nazista, logo descobriu que a soprano coloratura, a quem assistia com disciplina feroz, brevemente estaria se apresentando em concertos por todo o país.

Depois de um ano, Martina Bauer estava novamente de posse de sua técnica apurada e preparava, com a colaboração do professor, uma récita de lieds e solos de óperas. Os ensaios com o pianista que a acompanharia ocorreram sem problemas nem surpresas. Martina era dócil e disciplinada. Repetia, sem cansar, os trechos em que seu mestre percebia algum pequeno e, para os leigos, imperceptível tropeço.

Martina pautara sua ascensão na carreira com objetividade e realismo. No cinema, nunca recusara fazer um tomada perigosa ou aparecer nua se o roteiro assim o exigisse. Somente reclamava se sentisse algum desconforto no figurino ou nos acessórios de cena se, acaso, esses dificultassem seu trabalho. Tanto fora assim que, no verão de 1943, representara Lady Macbeth, na tragédia de Shakespeare. O diretor escolhera um teatro em ruínas para a encenação. A casa de espetáculos fora atingida por um bombardeio, restando de pé somente o palco e as paredes externas. Em *Macbeth*, os atores evoluíam por entre ruínas e caliça. Como o telhado também desmoronara, a estreia e a temporada aconteceram durante os meses quentes. A inovação do diretor foi saudada como audaciosa, e o espetáculo, como revolucionário. E, mais uma vez, a criação de Martina foi recebida com incontido entusiasmo.

Ao entrar pela primeira vez no Theatro São Pedro, Martina estranhou a poeira e o ranger das velhas madeiras do palco. Nos bastidores, sentiu uma atmosfera opressiva resultante, pensou, da antiga presença de atores e músicos. No camarim que lhe fora reservado, encontrou recém-polido o espelho e uma caixa de lenços de papel sobre a penteadeira. O velho biombo de seda, a um canto, mostrava uma cena de teatro noh ou kabuki. Martina sonhava algum dia representar em um noh, possivelmente *O tamborim de veludo*, que lera em seus tempos de liceu.

Apesar do cuidado com que o camarim havia sido ajeitado, o ar, no pequeno recinto, era espesso e frio. Martina deixou a porta entreaberta para que entrasse um outro ar. A impressão pouco favorável e até mesmo um vago mal-estar se repetiram na tarde do ensaio geral. Martina, porém, decidiu não dar maior importância à atmosfera reinante. Tinha um concerto pela frente e toda sua atenção se concentrava na récita.

Na noite da apresentação, Martina encontrou rosas vermelhas à sua espera e um carinhoso cartão almejando sucesso. Olavo encerrava o bilhete dizendo que estaria na primeira fila.

Ao se acenderem as luzes no palco e o piano dar os primeiro acordes, a cantora entrou em cena. Martina sentiu o chão lhe fugir sob os pés e, ao se curvar para saudar o público, perdeu, por instantes, a visão. Mas recuperou-se de imediato ao acarinhar discretamente o broche de esmeraldas que lhe fechava o profundo decote. O concerto então teve início.

No breve intervalo de dez minutos, tempo necessário para retocar a maquiagem e tomar um pouco de água, Martina foi surpreendida. No camarim, Zara Sommer estava à sua espera. Martina se viu abraçada e recebeu um gélido beijo. Logo se livrou do abraço e recuou. Zara cumprimentou a antiga rival e disse:

— Sou mais velha do que tu e, pelas leis da vida, devo morrer antes. Sofro de um mal incurável e não poderia partir sem te confessar minha traição. Perdeste o prestígio e o trabalho em Berlim porque eu te delatei para a SS. Não creias, porém, que esta confissão tenha algum mérito. Apenas a faço para aliviar minha consciência.

As palavras de Zara ainda soavam, quando Martina, com a mão espalmada e rija, acertou o rosto da visitante. A violência do golpe atingiu o lado esquerdo da face, à altura da boca, e lhe partiu o rosto ao meio. No mesmo instante, Martina se deu conta da brutalidade do ato. Deixou-se cair na cadeira frente ao espelho e, afundando o rosto nas mãos, chorou. Nesse momento, bateram à porta. Era o sinal de que faltava um minuto para se iniciar a segunda parte do concerto. Ela secou os olhos e examinou a mão. Não viu sinais de sangue. E seu longo vestido branco continuava imaculado. Só então abriu a porta e se dirigiu à cena. Martina, com uma curvatura sóbria e elegante, agradeceu os aplausos. Então, com um leve movimento de cabeça para o pianista, deu início à parte final do programa.

A DEUSA DE ARTHUR

Filho de mãe solteira, Arthur era um homem grande e forte. Não conhecera o pai. Ou melhor, conhecera, mas não o sabia. Pensava, desde pequeno, que seu Ruiz fosse tão somente seu padrinho de batismo, apesar da vaga semelhança entre os dois. Mais tarde, com a morte de Dona Zuleica, soube de tudo.

Desde que viera ao mundo, Arthur vivia com a mãe na casa do contador Ruiz. A madrinha, Dona Zuleica, mulher de Ruiz, era depressiva e vivia numa sucessão de altos e baixos de humor. Ela e o marido dormiam, havia anos, em quartos separados. Arthur sempre achou estranha a separação de leitos e se perguntava o que teria havido entre os dois para preferirem dormir a sós. Já para Ruiz, a separação era conveniente. Estava satisfeito por dormir sozinho e, assim, ter uma cama inteira somente para si.

Leocádia, a cozinheira, era uma mulher interessante, mas de poucas falas. Morava no emprego e, por estar no serviço há anos, era considerada como membro da família.

O nascimento de Arthur mudou a rotina da casa. Para tranquilidade do marido, Zuleica logo se apegou ao bebê e se curou de seus achaques.

Quanto a Leocádia, essa conseguira ocultar a gravidez ante o olhar desatento da dona da casa. Usara cintas, providenciadas por Ruiz, para esconder a barriga. Quando a gravidez se tornou evidente, disse não lembrar quem a engravidara. Tampouco lembrava onde dera, como dizia, o "mau passo".

Depois do parto, foi novamente questionada. Dessa vez, afirmou que dar à luz lhe clareara as ideias; que, na verdade, ficara grávida de um primo, ao passar uns dias em casa de parentes, no interior.

Arthur, que nascera uma criança feia e mirrada, acabou por se criar bonito e saudável. Mais tarde, já na escola, Arthurzinho se gabava. Dizia ter duas mães e nenhum pai; que tinha, porém, um padrinho muito, mas muito rico mesmo. O padrinho tinha telefone em casa e até automóvel e o presenteara, ao completar sete anos, com um par de patins.

Arthur não foi uma criança estudiosa. Não gostava das aulas de civismo nem dos exercícios de caligrafia. Em compensação, obtinha notas altas em ciências e em educação física.

Posteriormente, ao se formar no curso ginasial, falou à mãe e à madrinha que gostaria de achar um emprego. Mas que não fosse no escritório de Ruiz. Não queria o exigente padrinho a lhe controlar o serviço. Queria mesmo era trabalhar numa oficina mecânica. Para maior consternação de ambas, disse também que não desejava seguir estudando. As mulheres consultaram Ruiz a respeito. Esse logo se mostrou receptivo e concordou com a vontade do afilhado. Mesmo porque, com Arthur fora da escola, Ruiz poderia economizar as certamente altas mensalidades do curso colegial.

Na Oficina do Ary, o rapaz fez o aprendizado de mecânica de motores e, mais tarde, compraria seu primeiro carro de segunda mão. Em pouco tempo, criou tal intimidade com seu intrincado ofício que logo conquistou uma clientela exigente e exclusiva.

Arthur era um jovem de gostos frugais. Seu quarto, junto das dependências de Leocádia, talvez fosse somente um pouco menos desconfortável do que a cela de um monge. Ali, tinha sua cama, um guarda-roupa e uma mesinha para estudo. A diferença entre o quarto e um claustro era o aquecedor para as noites de frio, um tapete de pele de ovelha e uma parede com fotos de belas mulheres. As fotos, tiradas de revistas, circundavam uma página inteira. Nessa, qual rainha a imperar solitária, brilhava uma foto em close-up de Marilyn Monroe. Quando a viu, o padrinho comentou:

— Que pedaço de mau caminho, hein, rapaz?

Ao que Arthur respondeu:

— Como ela, não tem outra.

Apesar da sua admiração pela loira platinada, Arthur teve duas namoradas de cabelo escuro. Seu maior problema, à época, era tirar do corpo o cheiro da oficina. Óleo de motor, gasolina, graxa-patente e outros cheiros mais incomodavam as meninas. Por isso, antes de cada encontro, tomava longos banhos quentes com sabonete de perfume forte. O cheiro de oficina, porém, resistia, como se incorporado à pele, mesmo que tão somente em leve suspeita.

Em suas idas ao meretrício, Arthur sempre procurava a mesma mulher. Se estivesse ocupada, adiava o encontro e voltava em outro momento. Ao deixar o bordel, o rapaz fazia um caminho mais longo. Passava, então, em frente ao cinema para ver os cartazes. Depois, em casa, ficava por instantes a mirar, sonhador, a foto de Marilyn.

Ainda que sua parceira na zona fosse sempre a mesma, Arthur desejava de fato uma loira, tipo que não encontrava na casa. Queria alguém com um jeito que lembrasse Marilyn, pelo menos quanto à platina dos cabelos. Arthur sabia da dificuldade de realizar sua fantasia amorosa. Mesmo assim, persistia no desejo.

Certo dia, lhe apareceu uma doença venérea. O médico receitou uma dose maciça de penicilina ou algo assim e lhe recomendou mais cuidado nas visitas à zona. Desde então, não mais procurou a meretriz morena. Distraía-se com churrascadas na companhia de amigos ou ao jogar futebol de salão e, vez que outra, indo ao cinema.

O Cine Tamoio, único da cidade, tinha uma programação variada composta de seriados, comédias, faroestes e filmes de mistério. Havia épocas em que o programa era enriquecido com filmes classe A. Foi assim que, pela primeira vez, Arthur viu Marilyn grande, bela e luminosa a se mover ante seus olhos. O filme exibido era *Torrentes de paixão*. Na noite seguinte, foi novamente ao cine. Na terceira noite, não conseguiu assistir à fita. O gerente do cinema havia alugado o filme para duas sessões apenas e, àquela altura, os rolos já estavam sendo devolvidos. Arthur ficou chateado. Foi a um bar próximo e pediu um conhaque.

Na volta para casa, passou de novo pelo cinema. Parada ali, como quem espera por alguém, estava uma mulher vestida de preto, com um lenço de seda vermelha a lhe envolver o cabelo. Arthur perguntou se podia lhe fazer companhia. Era tarde e não era bom ficar sozinha na rua vazia. A moça respondeu simplesmente:

— Táxi — dando a entender que precisava de um carro de praça. Depois de várias tentativas, conseguiram se fazer entender. Ela queria voltar ao hotel, a poucas quadras dali. Arthur se ofereceu para acompanhá-la. Pediu desculpas por estar sem automóvel (emprestara o carro a um companheiro da turma). Com um sorriso, ela aceitou a gentileza. Apoiando-se no ombro do rapaz, a moça descalçou as sandálias de salto alto, e fizeram o trajeto a pé. Conversaram pouco, já que a mímica de ambos não era muito eficaz. A certa altura, entraram numa farmácia de plantão. A desconhecida pediu um frasco de barbitúricos.

— Só com receita. E essa marca nem conheço — informou o balconista. Arthur ajudou a moça a entender as explicações do homem.

Apesar da dificuldade na conversação, Arthur ficou sabendo que a jovem viajaria na manhã seguinte. Na capital, tomaria um avião e voltaria para casa.

No hotel, à clara luz do saguão, Arthur pôde constatar que a forasteira era, de fato, muito bonita. Por não estar maquiada, viam-se as sardas em sua testa e nas maçãs do rosto. Ao se despedir, ela tirou o lenço de seda. Para a extasiada surpresa de Arthur, seu cabelo era de um cintilante loiro-prateado. Agradecendo a companhia, ela dobrou a seda e a ofereceu como lembrança. Deu-lhe também um beijo na face e, em seguida, recolheu sua chave. Nos primeiros degraus da escada, parou. Voltou-se, jogou outro beijo e somente então subiu para o primeiro andar.

Arthur desdobrou o lenço e, fechando os olhos, aspirou o aroma que impregnava o tecido. Depois, o estendeu sobre o travesseiro. Queria adormecer com a cabeça sobre a seda perfumada. Estava por desligar a luz quando reparou na etiqueta do lenço. Nela, além da marca do produto, lia-se *made in USA*.

Naquela noite, Arthur custou a dormir. A desconhecida não lhe saía da cabeça. Arrependia-se de não ter retribuído o beijo. Dela, não sabia sequer o nome. Seu jeito infantil e sedutor e a doçura da voz, no entanto, lembravam Marilyn. Decidiu, então, que iria ao hotel buscar alguma informação sobre ela.

Raiava o dia quando finalmente o cansaço o fez dormir. Apenas adormecera, sonhou com a desconhecida. No sonho, ela era Marilyn Monroe, e ele, impelido por anos de paixão, a abraçou. Ao beijá-la, a desconhecida já era a mulher morena do bordel. Arthur a rechaçou com violência e, num sobressalto, acordou.

No dia seguinte, Arthur foi ao hotel. Explicou suas razões, mas o recepcionista já era outro e parecia pouco interessado em atender à solicitação. Folheou o livro rapidamente e informou não ter encontrado nenhuma hóspede estrangeira. Arthur ficou com raiva e mal conseguiu se conter. Sua vontade, no momento, foi bater no homem. Mas logo se deu conta da covardia do ato. Desistiu e, aborrecido, foi embora.

Quando o Cine Tamoio apresentou *Os homens preferem as loiras*, Arthur foi à estreia. Comprou cedo seu ingresso e ficou sentado no saguão à espera de abrirem a sala de projeções. Queria uma poltrona nas primeiras filas, sem ninguém a lhe atrapalhar a visão.

Gostou do filme, embora tenha ficado um tanto decepcionado. A atriz morena, que aparecia ao lado da deusa, só atrapalhava. O enredo seria muito melhor se a estrela fosse apenas Marilyn, sozinha. Mesmo assim, voltou a ver a fita no sábado e no domingo. Na segunda-feira, como o cinema não abria, foi deitar mais cedo. À espera do sono, ficou pensando no seu encontro com a forasteira. Tolhido pela presença viva da mulher, Arthur sequer tinha procurado pegar-lhe a mão. Agora sofria e compreendeu que ver sua deusa na tela apenas lhe fazia crescer a frustração. Para atenuá-la, decidiu esquecer Marilyn, embora soubesse o quanto a renúncia lhe custaria. Não mais veria os filmes em que ela fosse a estrela. Tiraria sua foto da parede e procuraria evitar qualquer notícia que a mencionasse.

Como dançava mal e morria de vergonha ao pisar nos pés da parceira, Arthur não ia às reuniões dançantes. A turma das churrascadas reclamava de sua ausência. Arthur fazia falta. Sem ele, era um a menos nos comentários maliciosos e, pior que isso, um a menos na hora de dividirem a conta da bebida e da batata frita.

Arthur voltou ao cinema quando entrou em cartaz *O dia em que a Terra parou*. Gostou muito do filme, embora tenha achado a atriz um tanto sem graça. Matutou também sobre a real possibilidade de discos voadores descerem na Terra. Pensou no pânico que isso provocaria. Fazia essas reflexões quando teve a atenção despertada por uma garota loira que, acompanhada de uma ruiva, também saía da sessão. Arthur procurou segui-las, mas desistiu no momento em que um grupo de rapazes se juntou às jovens.

Ao comemorar o aniversário numa churrascaria, Arthur ganhou um presente precioso. A turma lhe deu uma foto de Marilyn Monroe, emoldurada por um friso prateado. Na foto, ela estava nua, estirada sobre um chão de veludo vermelho. Arthur ficou maravilhado. E, esquecendo sua promessa de evitar tudo que se referisse a ela, deu um beijo no loiro corpo da estrela.

Num sábado, ao sair do cinema, viu novamente a moça loira com sua amiga. Na rua, as seguiu como quem não quer nada e descobriu a casa em que, pelo que lhe parecia, a garota morava. Guardou de cabeça o número e decidiu que a abordaria o quanto antes. Tinha que vê-la de perto e à luz do dia para se certificar de sua possível semelhança com a deusa.

Para alegria dos companheiros, Arthur voltou a frequentar as reuniões dançantes. Queria ver a menina por quem se interessava mais a cada novo dia. Suas esperanças, porém, não se realizaram. A moça, concluiu, não gostava de dançar.

Após um tempo em que inutilmente tentou encontrá-la, Arthur descobriu que a garota se chamava Norma Jane. E era a recém-contratada datilógrafa no escritório do padrinho. Ao saber disso, murmurou um agradecimento dirigido a nenhum santo em particular. Talvez tenha ficado grato ao destino.

Dias depois, sem pedir a interferência de Ruiz, Arthur abordou Norma Jane ao meio-dia. A partir daí, quando não havia serviço urgente na oficina, a acompanhava até sua casa na hora do almoço. Depois de deixá-la, entrava num botequim e pedia um prato do dia. Em certa ocasião, Arthur convidou Norma Jane para almoçar num restaurante. Durante a sobremesa, propôs namoro firme. Passado algum tempo, provando suas intenções sinceras, passou a lhe frequentar a casa. Daí ao noivado foi um passo. Trocadas as alianças, marcaram o casamento para dentro de poucos meses.

Em uma manhã, enquanto mateava com a mãe, essa informou:

— Hoje cedo o rádio deu uma notícia triste. Tua artista, a tal Marilyn, foi ontem encontrada morta. Alguns dizem que se matou. Outros, que foi coisa do governo deles lá.

Arthur ouviu em silêncio. Levantou-se subitamente e foi ao banheiro. Trancou-se e vomitou. Depois, chorou baixinho.

Arthur e Norma Jane já tinham gozado a lua de mel, e a vida retomou seu curso. Ele estava novamente às voltas com motores, e ela retornara ao escritório de Ruiz.

Num fim de tarde, Arthur chegou mais cedo em casa. Surpreendeu a mulher na cozinha. Sobre a mesa, um tubo de tinta, água oxigenada e, num prato fundo, a mistura resultante das duas substâncias. Tingia o cabelo. Arthur perguntou o que era aquilo e o que Norma fazia ali com a cabeça lambuzada de pasta escura. Ela respondeu alguma coisa e ficou claro que seu cabelo loiro não era natural. Os dois discutiram, e Arthur levantou a voz. Disse que se sentia logrado. Norma Jane começou a chorar. Ele se arrependeu e pediu desculpas por sua falta de jeito. Aos poucos, o mal-estar criado começou a se dissipar.

Aproveitando o clima serenado, Norma foi ao banheiro e lavou o cabelo. Ao voltar com uma toalha vermelha em volta da cabeça, Arthur perguntou o que assava, no forninho, que cheirava tão bem. Norma respondeu que tinha feito um frango recheado para comemorarem o terceiro mês de casados. Então, Arthur a acarinhou e, em seguida, foi ao banheiro. Numa das paredes, estava a foto de Marilyn nua, estirada sobre um chão vermelho. Arthur lhe jogou um beijo e se despiu. No boxe, ligou a água quente e passou a se ensaboar com sabonete de perfume forte.

O GRAXAIM

Quando Ambrósio, o velho peão, se despediu da granja, Érica se perguntou se Vicente daria conta das tarefas.

Ambrósio estivera, havia anos, a serviço da família e conhecia a propriedade como a palma de sua mão. Ao comunicar que pretendia deixar o emprego, alegou o desejo de ficar junto dos parentes num lugarejo remoto.

Dos cinco irmãos Blauth, restara solteira a mais velha das duas moças, Érica. Na partilha realizada em vida, os pais lhe legaram a casa e alguns hectares. Era pouca terra para lavouras mais extensas, mas o bastante para o cultivo de hortaliças e frutas.

Com a casa e a terra, Érica recebeu também a incumbência de cuidar dos pais até o fim de seus dias. Felizmente, os velhos tinham boa saúde e não lhe davam muito trabalho. Mesmo assim, não podia contar com o pai para tarefas que exigissem força física.

Ao saber que Ambrósio logo partiria, Érica tratou de achar um substituto. Anunciou a oferta de serviço ao final do culto, na igreja. Foi até Capela de Sant'Ana, onde visitou uns primos, e comunicou que precisava de um peão. Falou também com os irmãos e com vizinhos lindeiros. Passaram-se semanas, e ninguém apareceu. Érica se conformou. Ao mesmo tempo, reconhecia que não tinha condições de, sozinha, levar adiante a produção familiar. Foi então que alguém trouxe um rapaz interessado. Era Vicente.

De início, ficou acertado que o novo peão trabalharia por um mês como experiência. O velho Ambrósio o levaria a conhecer a granja e o pomar de frutas cítricas.

Transcorridos os trinta dias combinados, Érica não tinha queixas nem reparos a fazer quanto ao trabalho de Vicente. Mas havia algo que a incomodava. Era o fato de saber muito pouco da vida pregressa do rapaz. Sabia que ele tinha trabalhado numa fazenda, em São João do Deserto. Só isso. É que o peão falava pouco. Tomava a iniciativa de trocar algumas palavras quando precisava de orientação quanto a isso ou àquilo. A ocasião em que mais falou foi no dia em que viera se oferecer para a vaga. À época, deu o nome e informou que tinha boa experiência nas lidas da lavoura. Disse também que era natural de Rio do Corso, lá para os lados de Quaraí.

Quando o pai de Érica viu o novo peão, comentou:

— Esse aí é um tipo em quem eu não confiava.

Já a mãe, por sua vez, observou:

— A mim, me parece que ele esconde alguma coisa.

Aos poucos, Vicente foi se adaptando à granja e aos costumes da família. À noite, depois de comerem, Érica o informava sobre tarefas ou reparos a serem feitos no celeiro e no galpão. Quando lhe perguntou se lidava bem com armas de fogo, um brilho alegre cintilou no olhar do rapaz. Dessa vez, ele falou muito, revelando entre outras coisas que, no quartel, fora campeão no tiro de bazuca. Desde menino, gostava de armas de fogo. Era ainda adolescente quando o avô lhe presenteou sua parabellum e o relógio de bolso em ouro e prata. Érica então se deu conta de que era bom ter esse homem na propriedade. Com Vicente, ela poderia até mesmo aprender a atirar, já que o pai sempre se recusara a ensiná-la. Quanto à habilidade de Vicente no tiro, Érica perguntara por causa dos graxains, os cães-lobos que, à noite, se aventuravam no pátio e vinham em busca de alimento. Os graxains eram, de fato, uma ameaça constante às crias dos animais domésticos. Já acontecera, certa feita, de toda uma ninhada de porquinhos ter sido dizimada por um bando desses cães. Vicente achou estranho o incidente, já que os graxains, pelo que sabia, não andavam em bando. No pampa, normalmente apareciam solitários ou, embora raramente, aos pares. Érica revelou ainda que achava os graxains animais inteligentes e de belo porte. Por isso, não queria que Vicente os ferisse; que, se necessário fosse, atirasse para o alto, tão somente para pô-los em fuga. Terminou dizendo que, se pudesse, domesticaria alguns. Acreditava que poderiam ser adestrados. Vicente riu da ideia de Érica e respondeu:

— Estou acostumado a lidar com animais do mato. Como se eu fosse um deles. Os graxains são bonitos, mas podem também ser perigosos. E não vejo para que os adestrar se temos bons cachorros de guarda, que dão alarme por qualquer coisa.

Pouco tempo depois, num amanhecer chuvoso, Érica levantou cedo como fazia sempre. Trocou de roupa na obscuridade e, então, abriu a janela para o dia cinzento.

Ao se voltar, surpreendeu-se e ficou pasma com o que viu. Um graxaim de pelagem acastanhada estava enrodilhado aos pés da cama. Passados alguns instantes de hesitação, ela procurou se aproximar e deu um passo na direção do animal. Mas o cão-lobo num salto alcançou a janela e sumiu ao longe.

Naquela noite, Érica contou ao peão o acontecido. O pai, que havia baixado o som do rádio, ralhou com a filha. Por que não o chamara? Érica então não sabia que ele guardava uma arma debaixo do travesseiro? Teria matado o animal.

Já a mãe ergueu o olhar de seu crochê e riu na tentativa de amenizar a rabugice do marido. E cutucou:

— Enxergando mal como enxergas, não acertarias um boi, quanto mais um graxaim.

Certa noite em que os pais de Érica tinham se recolhido mais cedo, o peão abriu seu jogo:

— Não me chamo Vicente. Meu verdadeiro nome é outro. É Conrado.

E prosseguiu:

— Ao dar baixa do exército, não mais voltei para minha terra. Trabalhei por um bom tempo numa fábrica de armas. Fiz amigos no sindicato e, a convite deles, passei a frequentar suas reuniões. Lá, pregavam a luta armada. Nos encontros semanais, a gente lia sobre socialismo e aprendia táticas de guerrilha. Depois de um tempo em que, com certeza, minha fidelidade foi testada, fui escalado para uma missão perigosa. Tínhamos que assaltar a casa da amante de um ex-governador. Era na casa dessa mulher que o velho bandido escondia seu cofre forrado de dinheiro e ouro. O homem, mesmo estando longe do centro de decisões, continuava sendo consultado pelo governo central. Ao longo da vida, o homem foi responsável pela matança de muita gente que se opunha ao regime. Na madrugada do assalto, rendemos os seguranças e, uma vez dentro da casa, subimos ao quarto do casal. A mulher acordou e deu um grito. O velho também despertou, e o forçamos a abrir o cofre. A um movimento seu mais brusco, um dos nossos o executou com um tiro entre os olhos. Com lençóis, fizemos trouxas para carregar o produto do assalto. Tempos mais tarde, nossa célula foi invadida. Alguns dos nossos foram mortos, e outros, presos. Naquela noite, eu estava fora e, quando soube do acontecido, tratei de desaparecer. Vim para o interior. Desde então, vivo na clandestinidade. E ganho a vida como peão. Quando desconfio que os agentes andam por perto, trato de procurar outro refúgio.

Érica se manteve em silêncio. Por instantes, fixou o rosto do homem que, sentado à sua frente, se desnudava a seu olhar. Finalmente, pegou-lhe a mão direita entre as suas e murmurou:

— Obrigada por confiar em mim.

Nas semanas que se seguiram, aconteceu nova aparição do graxaim de pelagem castanha. Depois de abrir a janela, Érica se aproximou do animal. O cão selvagem não se moveu. Érica lhe fez uma carícia tímida na cabeça, e logo o graxaim se alongou. Em seguida, passou a lhe lamber a mão. E foi para a janela, saltou e desapareceu.

À noite, Érica esperou os pais se recolherem. A sós com Vicente, lhe contou a nova aparição do cão-lobo. O peão não comentou o assunto, mas sorriu. Disse apenas que os animais selvagens frequentemente causam grandes surpresas aos humanos.

Vicente se revelava, a cada dia, mais esforçado no trabalho. Os pomares estavam com o solo limpo de ervas daninhas, e as árvores velhas, que davam pouca fruta, foram sendo substituídas por mudas novas. Com o clima ameno que fazia, as frutas amadureciam por igual e livres de insetos.

O fosso, cavado para compostagem, estava repleto de restos de fruta, dejetos de animais e folhas secas. Mais algum tempo e o adubo, assim obtido, poderia ser aplicado nas novas mudas.

Por essa época, Érica assustou-se com nova e antes impensável invasão de seu quarto. Vicente, enrolado em seu poncho, dormia no chão, aos pés da cama. Ao pressentir que Érica já despertara, o rapaz levantou e veio para ela. Sem se desculpar pela intromissão, abriu-lhe delicadamente a camisola e a beijou entre os seios.

Certa manhã, o pai ouvia um programa destinado ao homem do campo. Subitamente, a transmissão foi cortada e entrou a característica que anunciava notícias do governo. O locutor comunicou a nova ofensiva para deter o avanço da subversão. Conclamava o país para que fosse denunciado qualquer ato que pudesse pôr em risco a segurança nacional.

Ao ver a filha que entrava, o velho passou-lhe a notícia. E aconselhou:

— Avisa nosso peão. Vicente tem todo o jeito de ser contra o governo.

Numa tarde de domingo, Vicente fazia companhia ao pai de Érica num jogo de cartas. A mãe estava às voltas com linhas coloridas e fazia seu crochê.

Érica, no avarandado, cuidava de plantas. Combatia as cochonilhas que atacavam um ou outro vaso. A certa altura, viu uma caminhonete escura chegando junto à porteira. Um homem desceu da viatura e abriu a passagem. Érica avisou Vicente e os pais. O rapaz levantou e, saltando pela janela, sumiu no pátio dos fundos. O pai calmamente recolheu o baralho e sentou junto do aparador onde estava o rádio. Ligou o aparelho e procurou alguma música. A mãe, concentrada no seu crochê, permaneceu à mesa.

Bateram palmas no pátio fronteiro. Os cachorros, no canil, deram alarme, e os pais ficaram atentos. Érica atendeu um homem jovem. O estranho apresentou suas credenciais e mostrou um distintivo. Era policial e andava em busca de foragidos da justiça. Entre os procurados, um subversivo perigoso. Esse, engajado na luta armada, tinha Graxaim por codinome. Érica sentiu o coração enregelar. Contudo, conseguiu aparentar uma tranquila indiferença. A seguir, o policial comunicou que seus homens dariam uma revista na casa e requisitou a presença de Érica. A um sinal seu, os policiais desceram do carro. Portavam armas e algemas. Estavam para entrar na casa, quando o velho desligou o rádio. Seguido pela mulher, parou à porta. Encarou o policial-chefe e ordenou com rispidez:

— Entrem e façam seu trabalho. Mas cuidado: não quero sangue derramado na minha propriedade.

Os homens examinaram todos os cômodos da casa e subiram ao sótão. Nada encontrando que pudesse ser considerado suspeito, passaram ao pátio dos fundos. Foram até o celeiro. Com um forcado, reviravam o feno ali amontoado. Tampouco sob a palha acharam alguma evidência.

No pátio, novamente o chefe chamou Érica. Perguntou quem habitava o quarto junto do celeiro. Foi informado que ali dormia o único peão da granja, mas que o homem estava ausente, tinha viajado para ver parentes. Érica abriu então a porta, e o policial lançou um olhar ao interior. Depois, o grupo revistou o galpão e retornou para junto da casa. Um dos homens forçou a porta do porão. No depósito mal-iluminado, passaram a revirar velhos móveis e alguns baús de cedro.

Nesse momento, saltando de uma das arcas, o graxaim de pelo acastanhado se jogou para a saída e tomou a direção da mata. Um dos policiais mirou o animal. Érica gritou na tentativa de impedir o tiro. Mas o estampido já ecoava por campos e pomares.

Depois que os homens partiram, Érica refez o caminho que o graxaim seguira na fuga. Partiu do porão e, em linha reta, seguiu até as bordas do bosque. Teria seguido mata adentro, mas o crepúsculo já se apagava a oeste. Voltaria na manhã seguinte.

Naquela noite, Érica não conseguiu dormir. Houve momentos em que, entre o sono e a vigília, imagens cruéis ocupavam sua mente.

Já raiava a manhã quando Vicente entrou no quarto. Estava com um tornozelo ferido e andava com dificuldade. Érica o abraçou e, em seguida, saiu. Voltou com uma bacia de água fresca. E, com um chumaço de algodão, passou a lavar o ferimento.

RAMIRO ESCOBAR E A SALAMANCA

Ramiro nunca se casou, embora tenha conhecido dezenas de mulheres. Suas conquistas aconteciam à distância. Ecos maliciosos, porém, chegavam eventualmente a Quaraí, cidade que o viu nascer. O disse me disse fazia as mulheres casadas desejá-lo em segredo, e as solteiras, a amá-lo em sonhos. Seu nome era citado se o assunto da conversa fosse adultério ou luxúria. E havia um ou outro morador que o considerava avesso às mulheres. É que, embora a conquista amorosa fosse a distração em que punha toda sua energia, Ramiro era cauteloso. Na pequena cidade, todos se conheciam, e as mulheres tinham maridos vingativos ou pais zelosos e irascíveis. Além disso, desde criança, Ramiro aprendera que não deveria mexer em abelheira com vara curta.

Depois da morte dos pais num acidente, o rapaz herdou a estância, algumas casas na cidade e uma chácara em Aroeiras, que se estendia até as encostas do Cerro do Jarau. A partir de então, passou a viver a vida com que sempre sonhara — sem compromissos, mas plena de aventura e prazer.

Buenos Aires, Montevidéu e Rio de Janeiro eram suas mecas para a sedução amorosa. Ao chegar, se hospedava num hotel de luxo, reservava uma mesa no cabaré que estivesse na moda e se fazia cercar de mulheres sofisticadas e caras. Frequentava também o teatro de revista, os cassinos e os círculos sociais mais refinados. Nesses, ficava a avaliar a mulher que o interessava. No momento propício, dava o bote. A conquista era feita com um discurso amoroso de meias-verdades, mas insinuante e convincente. Para maior efeito de suas promessas, dava presentes e mimos à mulher cortejada.

Caída a presa, eram vividas algumas semanas de incontrolável paixão. Quando o tédio fazia arrefecer seu entusiasmo, o elegante Ramiro Escobar se despedia, prometia voltar em breve e retornava para sua cidadezinha interiorana. O jovem conquistador tinha o dom mágico de romper seus casos de maneira tão delicada que não provocava ressentimentos. Pelo contrário, as mulheres abandonadas lhe ficavam gratas pelos dias de prazer pleno que, com ele, tinham gozado.

Ramiro sabia que seu jogo era mais caro do que perigoso e havia épocas em que prometia a si mesmo mudar de vida, antes que perdesse todos os bens. Ficava então por um tempo sem sair da estância ou de Aroeiras. Mas logo o apelo da aventura o fazia partir e retomar o jogo sedutor.

Ao correr dos anos, seu patrimônio minguou. Para fazer frente às altas e intermináveis despesas, vendeu as quadras de campo que ainda possuía e pagou dívidas atrasadas no Rio e em Buenos Aires. Contratou também o serviço de um advogado para fiscalizar o pagamento dos aluguéis.

Na mesma época, mandou buscar a velha Núbia para morar na chácara de Aroeiras. A mulher havia sido sua babá quando menino e permaneceu ao seu lado até findar seus dias.

Filha de um peão, Núbia viera ainda menina para ser a acompanhante do pequeno Ramiro. Na medida, porém, em que o menino crescia, Núbia menos que babá se tornou sua cúmplice. As travessuras do moleque tinham a aprovação de Núbia, e muito os dois se divertiram ao furtar doces no aparador da cozinha ou atirar pedras nos morcegos de um galpão abandonado. Se as travessuras passassem da conta, Núbia o repreendia com ameaças que não chegava nunca a cumprir. Mas, se o dia tivesse transcorrido sem incidentes, ela lhe contava histórias na hora de pô-lo a dormir. As narrativas falavam de episódios fabulosos com animais que falavam, princesas adormecidas ou meninos abandonados em florestas habitadas por bruxas e diabinhos.

Certas vezes, as travessuras do pequeno tinham a mais completa desaprovação da babá, como quando brincava com fogo ou quebrava uma vidraça. Ela então ameaçava subir o Cerro e contar à Salamanca sobre o comportamento dele. Se mal-humorada, Núbia o ameaçava com o terror dos terrores. Dizia que, se não se emendasse, a princesa moura desceria, à noite, e o castraria. A assustadora possibilidade o levava a pedir desculpas e, com isso, a contrariedade de Núbia serenava. Mas o menino não ficava tranquilo. À noite, o medo o fazia proteger os genitais com as duas mãos em concha.

A babá, quando não estivesse com preguiça, contava a história da princesa embruxada. Para maior credibilidade do conto, referia as luzes que, em certas noites do ano, podiam ser vistas a vagar pelo Cerro. Certamente, informava Núbia, era a Salamanca a passear no Jarau. O menino ouvia atento e impressionado, ficando a imaginar como a Salamanca, embora castradora, deveria ser bonita, pois, pelo que entendia, todas as princesas eram da mais arrebatadora beleza.

Quando, na adolescência, o medo da castração havia sido trocado pela arrogância tão comum nos muito jovens, Ramiro passou a fantasiar que a Salamanca vivia nua, com fartos seios à mostra. Segundo Núbia, a princesa moura não usaria roupa porque teria havido um tempo em que fora lagartixa. Acostumada, portanto, à simplicidade da nudez, só usava os aparatos de princesa no inverno. Vestidos e mantos de veludo bordados a ouro e prata e, ainda, um diadema de pedras preciosas eram retirados das arcas. Todo esplendor de sua realeza era então ostentado.

Instigado pela curiosidade e movido pela audácia, o rapazinho passou a cavalgar até o Cerro. Levava as tardes a percorrer talvegues e formações rochosas, na esperança de encontrar a princesa moura. Nos locais em que o terreno se mostrava difícil, Ramiro desmontava. Prendia as rédeas num tronco e fazia a pé o percurso exploratório.

Ao final de uma tarde, armou-se um temporal inesperado. Ramiro apurou o passo, tomou seu cavalo e, conduzindo-o, procurou refúgio numa reentrância do íngreme paredão de basalto que naquele lugar se erguia. Enquanto se abrigava do granizo, viu que a cobertura protetora era a entrada de uma furna. Dali onde estava, não conseguia ver seu interior. Percebia tão somente uma débil claridade que tremeluzia no escuro. Pensou que fosse um fogo andarilho, como Núbia designava os fogos-fátuos. Formado por chamas que subiam do solo, o fogo não se deslocava pela gruta. Ficava a arder extático no mesmo lugar, emprestando uma fosforescência lúgubre ao interior da caverna. Ramiro estava por se meter pela abertura adentro mas recuou. Não trouxera a lanterna. Sem uma luz suplementar, correria o risco de ser picado por uma cobra ou por insetos peçonhentos.

Nas escaladas posteriores, custou a localizar as rochas debaixo das quais se abrigara. Embora finalmente acabasse por encontrar o portal, a fenda desaparecera. O paredão se mostrava inteiriço, contínuo e sem rupturas.

Em casa, relatou sua decepção. Chegou a dizer que talvez a entrada da caverna nem existisse. Núbia comentou:

— Se encontrar a pedra fechada te causou espanto, o que não vais sentir ao topar com a Salamanca de língua de cobra, que tem um rubi cravado na testa?

Durante a adolescência, Ramiro não teve muitas oportunidades de subir o Cerro. As escaladas tinham que acontecer nas férias de verão, com o tempo menos instável. A dificultar ainda mais os passeios, seus pais o tinham transferido para um internato numa cidade distante.

Mais tarde, já adulto, o curso de Direito passou a lhe ocupar quase todo o tempo livre. E as férias, por sua vez, eram muito curtas para quem pretendesse ficar alguns dias na estância, passar umas semanas em Aroeiras e, ainda, viajar para as mecas do prazer. Por então, as histórias de Núbia sobre a Salamanca o divertiam e o faziam sentir saudade dos tempos de criança.

Ramiro ainda não concluíra o curso de Direito quando seus pais morreram. Ele aproveitou o momento e abandonou a faculdade. Daí em diante, passou a viver em contínuo vaivém entre as cidades que elegera para sua diversão. Quando lhe batia a saudade da chácara com seu calmo ritmo de vida, viajava para Quaraí e se deixava ficar no sítio. Durante a estada, se reabastecia das forças necessárias para sua vertiginosa sequência de aventuras. E, para melhor fruir a atmosfera do lugar, não dava sossego a Núbia. Instigava a velha babá a narrar os mesmos enredos de sempre. Ela então se esmerava contando casos de espectros a se arrastar pelo pampa e aparições da Salamanca com sua pedra vermelha a cintilar.

Na maturidade, já beirando a velhice, Ramiro estava com os cofres vazios. Sentia também que suas energias tinham se esvaído num viver irrequieto e dispendioso. Fazia muito tempo que já não tinha a estância. E as casas, na rua principal de Quaraí, rendiam pouco. Diante desse quadro, considerou que seria mais econômico se fixar definitivamente na chácara. Para tanto, se desfez de seu apartamento na capital e, apesar da sua paixão pela conquista, isolar-se em Aroeiras não lhe pareceu a pior das soluções. Ali estava parte de sua história, ali estava Núbia com suas lendas, ali estava o Cerro do Jarau.

Nas primeiras semanas, Ramiro não foi ao Cerro. Do seu quarto, podia ver os morros que eram somente um pouco mais altos que as coxilhas. Em noites enluaradas, ficava à janela mirando a cadeia de montes. Às vezes, se confundia e tinha a impressão de ver fogos se movendo na crista do Jarau. Da primeira vez que os viu, era ainda garoto. Agora, via novamente os fogos com seu movimento errático.

Para Ramiro, explorar o Cerro respondia ao desejo de reviver o espanto de suas descobertas juvenis. Era como voltar à adolescência. Mas havia também um desejo secreto que era perturbador. Queria encontrar, a qualquer custo, a princesa moura, embora se censurasse por alimentar uma fantasia infantil.

Em um dos passeios, teve a sensação de já ter vivenciado uma situação parecida. O dia estava claro, mas, de repente, o tempo virou. Um vento forte varreu o Jarau, o céu se fechou em nuvens pesadas, e o granizo passou a castigar a paisagem. Ramiro se apressou ao angico em que atara o cavalo e, trazendo o animal, foi se proteger sob o portal de pedra. Para sua surpresa, a fenda estava ali, profunda e silenciosa. Ele ligou a lanterna e mirou o interior, mas nada viu. Subitamente, porém, o fogo brotou do chão. E Ramiro, após voltar a atar as rédeas na árvore, esgueirou-se pela abertura. Logo se achou num amplo espaço vazio. Então, como que oriunda do nada, uma voz o chamou:

— Homem, que queres aqui?

Ramiro estremeceu, ficou sem fala por instantes e nada respondeu. Jogou, porém, o foco da lanterna na direção de onde a voz se fizera ouvir. Devagar, uma mulher veio para ele, e Ramiro pôde ver que, nela, a passagem do tempo já arruinara o rosto e as mãos. Ela rompeu o silêncio mostrando, ao falar, a língua escura e bifurcada:

— Minha velhice te assusta ou horroriza? Tenho muitos séculos de vida e nunca tolerei a mentira. Portanto, fala a verdade. Ou, se perdeste a voz, falo eu. Sou a Salamanca e aqui estou obrigada a ficar até que alguém se penalize de minha condição e me ame. Mas não te espantes. Igual às figuras no baralho, sou dividida ao meio. Meu outro lado é jovem e belo. Olha...

Em seguida, contornou o fogo. As chamas se ergueram qual cortina luminosa e lamberam o forro. A velha sumiu por instantes. Em seguida, cruzou o fogo na direção do visitante. Quem agora se aproximava, embora os andrajos que as chamas não tinham consumido, era a mulher mais bela que Ramiro jamais encontrara. Apresentou-se como sendo a mesma que antes surgira decrépita. E, como prova de que ambas eram uma só, a jovem indicou a pedra que trazia incorporada à fronte. Ainda que confuso, Ramiro entendeu que a Salamanca jovem reunia toda a beleza das mulheres que possuíra. Ao se entregar sem descanso à sedução, ele, de fato, amara a Salamanca. Dispersa nas inúmeras parceiras seduzidas, a princesa moura o levara ao desvario amoroso. E agora, frente a frente com ela, Ramiro se reconhecia perdido. Trilhava um caminho sem volta e pressentiu que, desse dia em diante, seria outro homem.

Naquela noite, Ramiro chegou tarde em casa. Núbia o serviu de sopa e pão. Enquanto comia, ele narrou os acontecimentos da tarde. Núbia se benzeu e comentou:

— Eu sempre soube que o Jarau era assombrado. Teve muito homem que subiu e nunca mais foi visto. Te dá por feliz, estás vivo.

Nas semanas seguintes, Ramiro, a cada vez, permanecia mais tempo na furna. Em certa ocasião, a Salamanca lhe contou suas origens:

— Sou filha de reis do Oriente. Quando chegou o tempo de meu pai abdicar em meu favor, o astrólogo da corte mandou assassiná-lo. E, por ambicionar o poder, me pediu em casamento. Eu o repeli. O repúdio fez com que me odiasse. Tive que me exilar na Espanha e me fixei em Salamanca, no reino de Castela. Ao tempo das invasões mouras, o astrólogo chegou comandando uma das levas. Ao me rever, lançou-me um encantamento. Eu teria como duplo ou sombra uma velha centenária, eu mesma. O feitiço somente seria desfeito se encontrasse um homem que me amasse acima de todas as coisas.

A partir do primeiro encontro, o fascínio da Salamanca passou a atordoar, qual um sortilégio, os sentidos de Ramiro. Ele se sentia como que encarcerado dentro de um sonho interminável do qual não conseguia sair. Às vezes, perdia o equilíbrio como se tomado de vertigens. Nesses momentos, o chão parecia lhe fugir de sob os pés. Tinha que se amparar, então, nas paredes da casa. Outras vezes, estranhava a chácara e o quarto que ocupava, como se não lhe dissessem respeito. Levava um tempo assim, alheado, até que a sensação desaparecia. Mas o que mais o perturbava era não se reconhecer na imagem que lhe era devolvida ao se mirar num espelho. Do fundo do cristal, um outro o encarava. Tampouco conseguia repousar. Nos breves momentos em que ele adormecia, a Salamanca assombrava seu descanso. Como se ocupasse seu corpo, a princesa moura se adonara de seu coração e de sua mente. Na voragem em que se debatia, não mais encontrava diferença entre felicidade e desgraça. No auge da angústia, a Salamanca propôs que se unissem numa cerimônia nupcial. Uma vez unidos, Ramiro voltaria a encontrar seu centro e, ao lado dela, haveria de reaver os bens desperdiçados. Assim, certa noite, os dois se uniram tendo por testemunhas tão somente o fogo e as pedras.

A permanência de Ramiro no Cerro se prolongava a cada visita. Para preocupação de Núbia, havia noites em que Ramiro não voltava para casa.

Depois de um período inicial em que se sentiu feliz, o comportamento de Ramiro começou a mudar. Raramente passava a noite no Cerro. Em casa, se Núbia o interrogasse, fugia da pergunta ou dizia não ter mais encontrado a princesa. Finalmente lhe revelou a verdade. Ele não mais conseguia localizar a fenda que conduzia à caverna. Núbia procurou consolá-lo:

— Vai ver, será melhor assim. Mais cedo ou mais tarde, isso tinha que acontecer. Então, que seja agora.

A seguir, insistiu para que comesse algo. Ramiro respondeu estar sem fome e foi para o quarto. Núbia apanhou uma lamparina e o seguiu. Ele descalçou as botas, jogou-as para um canto e se deitou. A velha babá sentou na beira da cama e tomou-lhe uma das mãos entre as suas. Falou baixinho:

— Escuta. Vou te contar um caso que nunca antes te contei. Na campanha, vivia um guri muito levado. Quebrava vidraças, matava morcego e, num capão ali por perto, fumava os cigarros que roubava do pai. Quando homem feito, Ramón (esse era o nome dele) se tornou a paixão de muita mulher bonita. Viajou por todo mundo e, certo dia, decidiu descansar de suas andanças. Voltou, então, para a casa dos pais. E certo dia, passeando pela propriedade, encontrou, no Cerro do Jarau, a princesa moura embruxada. Descobriu, então, que..

Para consultar nosso catálogo completo e obter mais informações
sobre os títulos, acesse www.terceiroselo.com.br.

3

Este livro foi composto em fontes Arno Pro e Hustlers Rough Demo
e impresso na gráfica Pallotti, em papel pólen bold 90g, em junho de 2015.